「好きなだけ浮き上がってもいいぞ。そのための狭い部屋だ」

笑いながらリュウは、さらに熱く唇を重ねてくる。

竜王《りゅうおう》の后《きさき》

剛《ごう》しいら

ILLUSTRATION：香咲《こうさき》

竜王の后

LYNX ROMANCE

CONTENTS

竜王の后

精霊達は世界から姿を消したが、魔力を使える人はまだ残っている。

そんな時代だった。

東には竜の血を引く者が統べる国があり、北には天帝を名乗る者が統べる国がある。

西では静かな民が、領主に護られて暮らしていた。大海に接した南の国では、野蛮で愚かな民が、村ごとにいつまでも飽きずに主権争いを繰り返している。

そんな時代だった。

それぞれの国同士が争うこともなく、平和のための秩序は長い間守られていたが、その年、ついに秩序は破られた。

限りない欲望に心を支配された者が、玉座に座ったのだ。

晴れた空には、羊のような雲が浮かんでいる。草原に寝ころんで、シンはそんな雲を数えていた。

シンの周囲では、雲よりももこもこしている羊が、のんびりと草を食べている。

「あ、あれがおまえに似てるよ」

シンが空を指差しても、羊が頭を上げることはない。陽を浴びてすくすくと伸びた青草を食べるのに忙しいからだ。

「おれも、腹が減ったな」

むっくりと起き上がったシンは、腰に下げた革袋から、ソバ粉を練って焼いたものと干し肉を取りだし、一人きりの昼餉《ひるげ》を始めた。

シンは他の羊飼いのように、犬を使うことはしない。だが不思議なことに、羊たちはシンの命じるまま素直に従った。

九歳から始めて十年間羊番をしているが、これまで狼《おおかみ》に襲われたこともなければ、羊を谷に転落させたり、迷子にさせたこともない。シンは実に優秀な羊飼いなのだ。

村にとって大切な羊を護るシンは、村長や村人から重用されていたが、どんなに褒められ、任される羊の数が増えても、シンは他の若者と同じようにはなれない。村の娘を妻に迎えて、所帯を持つことは決して許されないのだ。

なぜならシンは異端の者、森の中で狼によって育てられた子供だったからだ。

村人がシンを見つけたのは、まだシンが二歳にもならない頃《ころ》だった。狼と共に四つ足で走り、ウーウーと唸《うな》っていたという。恐らく生まれてすぐに森に捨てられたのを、雌《めす》狼が巣に連れ帰り、何を思ったのか自分の餌《えさ》にせず、乳を与えて育ててくれたのだろう。

その頃のことは全く覚えていないが、狼たちから不思議な力を授かったのだろうか。獣《けもの》や鳥の気持ちが自然と分かるようになっていた。

村人はシンに対して友好的ではあるが、恐れてもいる。シンを怒らせたら、狼の群れが村を襲うのではないか。あるいは鶏《とり》がいっせいに卵を産むのを止《や》めてしまい、羊たちが谷底に身を投げてしまうのではなどと、様々な想像を巡らせているようだ。

そこで村人はシンを監視下に置こうと、丘の中腹に羊番の小屋を建て、そこにシンを住まわせることにした。シンは強欲ではなかったので、住まいと食べ物を与えられたらそれだけで満足し、村から離れた小屋で、独り暮らしをずっと続けていた。

「んっ？」

風に乗って、何かが燃える臭《にお》いが微《かす》かに漂ってくる。

「今は野焼きの時期じゃないしな。家畜に悪い病でも流行《はや》ったんだろうか」

シンはたまにしか村に戻らない。食べ物が必要になったら行くぐらいのものだ。来客も少なく、村で羊の毛や肉が入用になれば、たまに村から男たちがやってくることになっていた。しばらくそれもなかったから、最近の村の様子を知らなかった。

枯れ枝や干し草を焼いただけの臭いではない。肉を焦がしたような臭いも混じっていた。

「あれは……」

空を見上げると、森から大量の烏《からす》が飛び立ち、村の上空を目指している。興奮してカーカーと鳴く声に、羊たちも不安そうにし始め、いつの間にかシンの近くに集まっていた。

「大丈夫だ。今から、村に行って様子を見てくるから。みんな、今のうちに腹一杯食っておけ。すぐに囲いに入れるから」

羊たちはエエーッ、メェーッと鳴きながら、必死に足下《あしもと》の草を食べ始める。そうしているうちに、烏はますます数を増やして大群になっていた。

シンは小屋に戻り、羊毛で作った分厚い外套《がいとう》を身に付ける。足には馬の皮を鞣《なめ》して作った、しっかりした沓《くつ》を履き、腰の帯には短剣を挟んだ。

「何だか、嫌な予感がする。流行病だろうか？　だったら、行かないほうがいいのかな」

シンが七つのときに、旅人が流行病を村に持ち込んだ。そして恐ろしいことに、村人の三分の一が亡くなった。そのときも連日、遺体を焼く煙が村の上空を渦巻いていたのを覚えている。

流行病だったら、自分にもうつるのだろうか。一瞬そんな考えがシンの頭をよぎったが健康には自信があるし、以前の厄災でもうつることはなかったから、今回も大丈夫だと自分を信じることにした。

口笛を鳴らすと、羊たちは従順に柵の中に入っていく。すべてが入ったのを確認するとシンは柵を閉め、急いで村に向かって走り出した。

幼い頃から、野山を駆けめぐっているシンは健脚だ。走ればかなり速いし、息を切らせることもない。

丘を駆け下り、村に続く橋を渡り、麦の穂が揺れる農道をひたすら走っていくうちに、シンの耳にはこれまで聞いたこともないほどの、馬の嘶《いなな》きや足踏みが聞こえてきた。

「戦だろうか？」

老人たちは、昔語りとして戦の話をしてくれた。天帝《てんてい》の末裔《まつえい》である禦空国《ぎょくうこく》皇帝が、すべての国を支配しようとして戦を仕掛けたというのだ。それを阻《はば》む力があるのは竜王《りゅうおう》のみだという。

村々を治める領主は、南の蛮人や精霊と共に、竜王を助けて戦った。その後平和は戻り、以後三百年というもの、戦の文字は人々の間から消えていた。

村に近づくのが躊躇《ためら》われる。そこに村人が飼っていた犬たちが、群れをなして逃げてくるのに出会った。

「何があったんだ？　教えてくれ？」

犬には言葉が話せない。ただ伝わってくるのは、何頭もの馬と、刃物を手にした人間に対する恐怖だけだった。

「禦空国の兵士かな？」

シンは腰の帯に差した短剣に触れる。こんなもの一本では、大勢の兵に立ち向かえない。皆を助けるつもりが、自身も簡単にやられてしまう。軟弱者と非難されそうだが、シンは村には近づかずに、畑の中に身を潜めて様子を窺《うかが》うことにした。

盗賊相手だったら、村の守備隊で撃退できる。敵《かな》わないのは、よく訓練されていて、甲冑《かっちゅう》や槍《やり》で武装した兵たちだった。

ますます高く黒煙が上がっていた。なのに悲鳴や、逃げまどう村人の姿が見えない。次々と家に火が放たれているのだろう。黒煙の下にある真っ赤な炎も見えてきているのに、逃げてくる人が一人もいないのがおかしい。

「そんな……まさか……みんな捕まったのか」

血の気が引く思いだった。考えたくはないが、村人全員が殺されたか、捕らえられたとしか思えない。

しばらくすると、朱の地に黄色で稲妻を表した雟空国の旗を持った大勢の騎馬兵が、隠れているシンの前を通り過ぎていった。その一団からは、殺戮《さつりく》を物語る血の臭いがしていた。

用心しながら、シンは村の入口へと走り寄る。叫び声も、助けを求める声も聞こえない。ただ家々が燃えるゴウッという音が聞こえるばかりだ。

「何て酷《ひど》いことを……」

村人の遺体はすべて家の中に押し込められ、そこに火を付けたらしい。通りに転がっている遺体一つなく、ここで本当に村人が暮らしていたのか、信じられないくらいだった。

このままでは火勢がさらに強くなり、村の建物はすべて焼け落ちてしまう。ともかく生きているものを救おう。そう思って走り回ったが、シンが助けられたのは、鶏や豚、それに牛などの家畜だけだった。

盗賊と違って、村に蓄えられた食料には興味がなかったらしい。村外れの倉庫は手付かずで、持ち去られたのは、飼育されていた馬だけだった。

「また、襲いに来るかな」

村長自慢の厩舎《きゅうしゃ》は空だ。そこに働いていた馬丁の姿もなく。残っていたのは、売り物にもならない老いた驢馬《ろば》だけだった。

「少しは働けるだろ？　山には、草がいっぱいあるよ。一緒に逃げよう」

怯《おび》えている驢馬を励まし、荷車を牽《ひ》かせた。そしてシンは、まだ焼けていない倉庫の中から、積めるだけの食料を荷車に運んだ。

村人の一人も助けられなかったことは、本当に申し訳ないと思う。弔《とむら》いたい気持ちもあったが、それよりもまた兵が戻ってきて、自分が殺されるほうが今は怖かった。

「もしかしたら、おれと同じように、山にいて助かった人がいるかもしれない。彼らを助けなくちゃならないから、貰《もら》っていきます」

誰にともなく告げると、シンは頭を下げてしばらく黙禱《もくとう》した。

特別大切にされていたわけではない。むしろ気味悪がられて、羊番として山にシンを追いやったような村人たちだ。

けれどシンは村人たちに拾われたことで、飢えることもなく育ち、文字も読めるし計算もできるようになった。人として生きるために必要なことは、すべて教えてくれたし、食べるものも十分に与えてくれた。今となっては、村人たちにどれだけ感謝しても足りないくらいだった。

「だけど、いったい何でみんなを殺してしまったんだろう？」

村の誰かが、禦空国に何か悪さを仕掛けたのだろうか。いや、そんな筈《はず》はない。村人たちは諍《いさか》いごとが嫌いで、長い間静かに暮らしていた。

では領主が、禦空国と戦っているのだろうか。領主は税を徴収するときにだけ村を訪れる。無理難題を押しつけることもなく、心根穏やかないい領主だと村人もいっていた。そんな領主が、大国相手に戦を仕掛けるとはとても思えない。

村を急襲された意味が分からないが、ともかく生き延びねばならなかった。

「どこかで戦が始まっているのかな」

荷車を牽いた驢馬と共に、村を抜け出した。途中、逃げまどう鶏を捕まえて籠に入れたり、行き場をなくした犬たちに懐かれたりしながら、どうにか橋のところまで辿《たど》り着いた。

後ろを振り返ると、牛や豚まで付いてきている。彼らなりに、どこに身を寄せたら助かるのか考えて、シンに付いてきたのだろうか。

「おまえたちも家がなくなったんだものな……。いいよ、仲良く暮らそう。山には食べ物がいっぱいある。喧嘩《けんか》はするなよ」

不思議なことに、シンの言葉はすべての動物に通じる。いつもはきゃんきゃんとうるさい犬たちも、家畜の一団を護るようにしてじっとしていた。

橋を渡った先の丘は、シンが暮らしている牧草地だ。そこにいけばどうにかなる。そう思って橋を渡り始めたシンは、河原に横たわる人の姿を目にして足を止めた。

「よかった、助かった人がいた」

シンは慌てて橋のたもとに戻り、そこから河原に走っていった。

俯《うつぶ》せで倒れているが、どうやら若い男のようだ。衣は焼けたのか、または引き裂かれてしまったのか、ほとんど何も身に付けていない状態だ。逞《たくま》しい体に、僅かばかりの布が張り付いている。

知り合いの村人かと思ったが、近づいてみると少し様子が違う。髪が長く、一部が綺麗《きれい》に編み込まれていて、宝玉が飾られていた。こんな髪をしている男を、シンは見たことがない。

「禦空国の兵士だろうか？」

体つきは、まさに兵士のものだった。長身で、分厚い胸板を持ち、筋肉の盛り上がった腕や足が見える。逞しい体には、所々に古い傷跡があり、いかにも歴戦の勇者といった感じだ。

だが、どこから来たのだろう。着衣もなければ、武器も持っていない。近くに、この男を乗せてきただろう馬の姿もなかった。

「川を流されてきたんだろうか。溺れたのかな」

シンはさらに男に近づき、俯せになっていた体をどうにか上に向かせた。

「よかった。息はしている」

逞しい胸はゆっくり上下していた。けれど目は閉じたままだ。よくよく見ると、高い鼻梁《びりょう》や引き締まった口元、秀でた額などその顔立ちは整っていて、シンがこれまで見てきた男たちの中では一番の美しさに思えた。

相手の意識がないのをいいことに、シンは思わず男の顔にじっと見入ってしまう。そして全裸に近いその体にも、視線を向けていた。

とても自分と同じ世界の男には思えない。何か崇高《すうこう》な存在のようにも思える。

いつまでも見ていたいとすら思ったが、そうもいかない。シンは意を決して、男に話し掛けた。

「起きて……起きてください」

軽く体を揺すってみたが、目を開ける様子はない。どうしてだろうとよくよく見ているうちに、原因を見つけた。

額の一部が切れて、出血していた。かなり血を流したのだろうが、すでに傷口の血は赤黒く固まってきている。

「大変だ。頭を打ったのか……確か、頭を怪我《けが》したときは、あまり揺すったらいけないんだよな」

けれど一人でこの大きな男を、どうやって抱えていこう。手伝ってくれそうなのは、犬と牛と豚だけだ。橋の上から心配そうに見下ろしている彼らに向かって、シンは力なく微笑《ほほえ》む。

「おまえらに手があればいいのに」

分厚い外套を脱いだ。その上に男の上半身を乗せて、シンはゆっくりと引きずり始めた。すると不思議なことが起こった。犬たちがわらわらとシンの足下に寄ってきて、いつの間にか男の体の下に、自分たちの体を潜り込ませ始めたのだ。

狼の血が混じった大きな犬を含む十五匹の犬たちは、シンの思いを理解したかのように、その背に男を乗せて運び始めた。

「手があればいいのになんて言ってごめん。そのままで十分、役に立つよ」

荷車の荷物を縄で縛り、牛と豚の背に振り分けて乗せた。そして荷台の空いたところに、シンは男の体を寝かせた。犬が手伝ってくれたとはいえ、がっしりと逞しい男の体を運び上げるのは、結構な重労働だった。

「待たせてすまなかったね。行こう」

再び、不思議な一団は歩き始める。そして羊番の小屋に戻ってきた頃には、陽は山の端に今にも沈みそうになっていた。

「森に入れば、兎《うさぎ》や鼠《ねずみ》がいる。すまないが、自分たちで狩って食べてくれ。悪いけど、羊は特別なときにしか食べないから」

犬にはそれで通じたらしい。一番大きな犬を先頭に、森に向かって走っていった。

「それじゃ、好きなだけ草を食べていいよ。おまえらは、あの畑に芋の取り残しがあるから、掘って好きなだけ食べるといい」

　牛と豚に指示を出し、鶏を籠から出して放してやると、シンはほっとすると同時に、地面に座り込んでしまった。

　今更のように、帰る村を失った喪失感が襲ってきた。一緒に暮らしていなかったとはいえ、家族のないシンにとっては一番近しい人々だったのだ。牛が一頭、豚が二頭、それに五羽の鶏と、犬が十五頭、老いた驢馬と意識もない若い男。これだけがシンに残された新たな仲間だ。

　他は皆失った。森でシンを狼から奪い取ったヤカラ爺《じい》さんや、文字や計算を教えてくれたバンバ先生、それに村長のソラジや、幼なじみの若者たち。

　次々と彼らの姿が思い出されてきて、シンはいつしか泣いていた。どんなに泣いても、彼らが戻ってきてくれるわけではない。けれど泣くことぐらいしか、シンは弔いの方法を知らなかったのだ。

小屋の裏手には、綺麗な小川が流れている。そこから汲《く》んできた水を大鍋で沸かした。泣いているだけでは駄目だ。まずは男の手当をしてやって、意識を取り戻させねばならない。異国の男のようだが、きっとこの戦の事情を知っているだろう。聞けば謎はきっと解けるはずだ。

知ったところでシンに何かができる訳ではないとも思ったが、領主の元を訪れて、村の惨状を訴えることはすべきだ。この様子では、それができそうなのはシンぐらいしかいなかった。

「小屋にいれば安心だ。おかしなやつらが来たら、犬が教えてくれるだろうし」

夜になると、一気に寒くなってくる。寝台にしている木の台の上には、羊の毛が敷き詰めてはあるが、裸のままでは男が寒いだろうと、シンは行李《こうり》の中から真新しい衣を取りだした。

毎年、新年の祭りの頃になると、村長が新しい衣を一式贈ってくれた。普段着るようなものと一緒に晴れ着もあったが、着ることはなかった。それらは袖を通すこともなく、何年も行李の中で眠っていた。

男には少し小さいかもしれない。だが、帯でしっかり前を結べば、どうにか着せられるだろう。

「流されてきたのかと思ったけど、助けたときに髪は濡《ぬ》れてなかった。転がってたのは、橋の上から落とされたって場所でもなかったし」

いったい男は、どうやってあそこにやってきたのだろう。もっとも正解に思えるのは、馬に乗せて連れてこられ、遺棄されたというものだ。男は村人ではなかったので、命令にないので殺すこともできず、禦空国の兵はいたぶるだけいたぶって、そのまま河原に捨てていったのだろうか。

手拭いを湯に浸し、男の体を拭き始める。煤《すす》けたような汚れも少しあるが、目立った火傷の跡はない。新しい傷は額にあるものだけで、他は古傷ばかりだった。

下帯すらしていないので、シンの目は自然と男のものにいく。

「えっ？」

美しい顔や、逞しい体を持つ男に相応《ふさわ》しい立派な性器だったが、その先端に何と刺青《いれずみ》が施されていた。

「こんなところに……痛いだろうに」

痛くても耐えるのが、この国の男たちの習わしなのだろうか。先端には青い墨で、何かの文様がいれられている。拭うついでに、ついしげしげと眺めてしまったが、どうやら竜の形をしているように思えた。

どうしてこんなことをしたのか、男が目覚めたらぜひ聞いてみたい。

なぜ裸で放置されたのかとか、国はどこでどんな仕事をしているのかとか、ともかく話したいことは山ほどあった。

なのに男はなかなか目を開けない。ついには体を拭き終え、真新しい下帯を巻いてやったが、それでもその瞼《まぶた》は、ぴくりとも動かなかった。

苦労して衣を着せ、羊毛で包んで寝かせた。夜中に気が付いて驚いては大変だから、炉には大きめの薪を置き、小屋内がほんのりと明るくなるようにしておいた。

寝床は一カ所しかない。シンは遠慮しながら、男の横に身を横たえた。疲れてはいたが、眠れそうにない。目を閉じれば、村の人々の顔が浮かび、目を開けば、爆《は》ぜている薪に日中に見た火事を思い出した。

シンが苦しんでいる横で、男はひたすら眠り続けている。その様子にもしかしたら死んでしまったのかと、何度も寝息を確かめねばいられなかった。

明け方近くになって、どうにかうとうとしかけた。眠っているといえる程ではないが、体はゆったりとしてきて、時折、夢とも現《うつつ》ともはっきりしないものが見えた。

青い髪をした、女にも男にも見える美しいものがいる。それが男に、いい香りのする息を吹きかけていた。

まるで命を与えているみたいだ。そんなことをうつらうつらしながらも思っていたら、いきなり男が起き上がった。

これは夢ではなかった。はっきりとした動きが感じられる。

シンはそっと男の体に触れ、優しく語りかけた。

「驚かないで。河原に倒れていたのを、ここまで連れてきたんだ」

「……」

男は不思議そうにシンを見つめると、同じようにシンに触れてくる。

「言葉、通じないのかな？　どこの国の人？　おれは、ここの村から出たことがないから、よその国のことをあまりよく知らないんだ」

「……」

男は何も答えず、シンの顔や髪にも触れ始めた。

「おれはシン。村では羊番だった。その村も、昨日、なくなっちゃったけどね。あんたの名前は？」

「……」

「名前。名前だよ。口が利けないのかな。だったら、字は書ける？　おれも少しは読み書きができるよ」

シンは自分を手で示し、何度もシンと呟《つぶや》いた。けれど男が自ら名乗ることはなく、まるで幼児のように無心な様子でシンに触れているばかりだった。

「しょうがないな。じゃ、勝手に名前を付けるよ。あんなとこに、竜みたいなおかしな彫り物があったから、その、リュウにしておこう。あんたはリュウ、おれはシン。いいか、シン、そしてリュウだ」

「シン……リュウ」

「そうだよ。喋《しゃべ》れるじゃないか。シン、そしてリュウだ」

男、リュウが話せたのは嬉しかったが、とても知的な会話ができる雰囲気ではない。どうやら頭の傷が、リュウから知性を奪ってしまったようだ。

「頭に傷があったんだ」

綺麗に拭ってやって、薬草の汁を塗った布が巻いてある。その傷口の場所にそっと触れて、シンは優しく話し掛けた。

「血が、いっぱい出たみたいだ。今は、塞がりかけてるから、触ったら駄目だよ」

「チ……」

「そう、血だ。きっと血がいっぱい出てしまったから、頭の中身も出ちゃったのかな」

そこでリュウは何を思ったのか、シンに抱き付いてきた。それは幼児が母親に懐くような感じで、シンは途惑う。

「まさか、母親とか思ってないよね」

鶏や家鴨《あひる》の卵が孵化《ふか》するとき、決して側《そば》にいてはいけない。なぜならそんなことをすると、親だと思われてずっとつけ回される。そんなことを鳥飼《とりかい》の男から言われたのを思い出し、シンは苦笑する。

「獣とは心を通じ合えるけど、人とはどうかな」

シンはそこでリュウに自分の思いを伝えるように、目を閉じて意識を集中した。

「おれを怖がらなくていいよ。元気になるまで、ちゃんと面倒みるから。だから、暴れたりしないで。おれの仲間たちとも、仲良くしてくれると嬉しい」

「……んっ……んん」

どうやら思いは通じたらしい。シンはさらにリュウを安心させるように、その体を優しく抱き締め

た。

「傷が治ったら、普通に話せるようになるかな」

リュウが最初から知的に劣っているとはとても思えない。その端正な顔立ちや、鍛え抜かれた体から、特別な男だったようにシンには思えるのだ。

どうにか元気にさせて、知性を取り戻させるのがシンの役目だと思えてくる。

「そろそろ陽が昇る。朝餉《あさげ》の用意するよ。この体じゃ、たくさん食べるんだろうな？　どんなもの食べてたんだろう？　米の粥《かゆ》のほうがいいかな。それともソバ粉を焼いたやつが好きかな」

ずっと独りで生きてきた。話し相手はいつでも羊、そんな生活が長かったシンは、村を失くした悲しみもあれど、初めて一緒に暮らせる相手が見つかったことが、内心嬉しくてたまらなかった。

だがリュウも、傷が治って何もかも思い出したら、自分の生地に戻っていくのだろう。そうなったらまた寂しい独り暮らしになってしまうが、今はそんな先のことまで考えたくはない。

美しいが、まるで幼児のような男との生活に、シンは新たな楽しみを見つけたかった。

今日は一日、忙しくなるだろう。まずは牛と豚、それに驢馬のために小屋を造ってやらねばならない。だがその前に、まずはこの男の世話をしなければいけなくなりそうだ。

「まだ熱いよ。待って、急いで食べるな。ほらっ、こっちの瓜《うり》を食べてなよ」

熱い粥をいきなり椀《わん》から飲み込もうとするので、シンはリュウを押さえるのに必死だ。

連れてきた鶏が、ありがたいことに卵を産んでくれた。青菜と米の粥に卵を入れ、リュウに精の付くものを食べさせてやろうとしたが、まずはその前に食べ方から教えないといけなくなった。

「椀からいきなり熱い粥を飲み込んだら、口の中が大火傷だ。そんなことまで忘れたのかな」

まずは瓜を食べさせようとしたら、今度は堅い皮ごとばりばりと食べてしまう。シンは呆《あき》れながら、瓜を手にして説明した。

「中身だけ食べるんだよ。外の堅いとこは残して。皮は豚にあげるんだから、全部食べなくてもいいんだよ」

「んっ……」

瓜の汁で汚れた口元を拭ってやるときに気付いた。実に綺麗な歯並びだ。それはリュウが、かなり上流の暮らしをしていたのではないかと思わせた。

「こんなものしかなくてごめんね。きっと、毎日凄《すご》いご馳走《ちそう》を食べてたんだろうな。おれにとっちゃ、粥だって卵が入ってるだけでご馳走だけどね」

　粥をふーふー吹いて冷ますと、木の匙《さじ》で掬《すく》ってそっとリュウの口元に持っていった。

「いい……こうやって掬って食べるんだ」

　まるで鳥の雛《ひな》のようだ。リュウはただ口を開いて、シンが口元まで運んでくれるのを待っている。自ら食べようともしない。どうやらそれが決まりだとでも思ったらしい。

「えっ、自分でやれよ。まったく、しょうがないな」

　文句を言いつつも、シンは親鳥のようにせっせとリュウの口元に粥を運んだ。

「腹が減ってたんだな。よく食べる。だけど、この調子じゃ、小屋を造る作業を手伝ってくれなんて言えないや」

　小屋の修理や、羊たちの柵を補強するために、森で伐採してきた材木があるが、それだけではとても足りそうにない。木を切りに行きたいが、その間、リュウを一人にはしておけなかった。

「怪我もしてるし、小屋はもう少し後でもいいか」

　今は夏の終わりで、まだ戸外でも寒さは感じられない。けれど冬になったら、雪がちらつくこともある。それまでには何があっても、ちゃんと屋根のある小屋を造ってやらねばならなかった。

　心優しいシンは、たとえ獣であっても、少しでも快適に暮らせるようにと考えてしまうのだ。

「干し草ももっと作っておかないと。牛と驢馬が増えたし」

　そんなことを考えて手が止まったら、リュウは大人しくじっとシンを見つめている。その目にはやはり知性の輝きはなく、幼児の眼差《まなざ》しのようだった。

「いい、匙をこう持って、少しずつ、掬って、口に持ってくんだ」

リュウの背後に回り、その手にまず椀を持たせ、続けて反対の手に匙を握らせ、丁寧に動作を教える。

こんな大人の男に、いったい何をやっているのだろうと思ったけれど、これはこれで楽しかった。

「ほらっ、掬って、そうそう、そうだよ。上手《うま》いじゃないか」

シンが褒めると、リュウは顔を輝かせて笑う。すると生来の美しさが際だって、シンの心は揺れた。

相手は自分と同じ男だ。自然の摂理からいったら、番《つがい》になれる相手ではないだろう。

なのに心が惹《ひ》かれる。

どうしてだか分からないが、それはこれまで一度も感じたことのない思いだった。

「よし、ゆっくりだ。ゆっくり食べて。おいしい？　おいしいだろ？」

食べていくうちに、どうやら少しずつ思い出したらしい。動作は自然になってきて、もう零《こぼ》す心配もなくなった。するとリュウは旺盛な食欲を見せ始め、気が付けば鍋の中の粥は綺麗になくなっていた。

「よし、それじゃ、俺は羊たちを柵から出してくるから」

シンが外に出てくると、リュウも後を付いてくる。何も考えずに裸足のままで出てくるから、慌ててシンは真新しい沓を出してきて、履かせてやった。

「少し小さいだろうが、踵《かかと》を踏んで履いていればいいさ。これも羊の皮で作ったんだ。羊はありがたい獣なんだから、脅かしたりしたらいけないよ」

「……」

どうやらリュウは羊の毛皮で作った沓が珍しいらしい。これまでこんなものは履いたことがなかったのだろうか。

「足を怪我すると、そこから悪い病になることがあるんだ。だから沓を履くんだけど……きっともっといい沓を履いてたんだろうね」

ぎこちない歩きをするリュウを従えて、シンは牧草地に出る。ちょうど遠くの山から朝陽が顔を出したところで、朝露に濡れた牧草がきらきらといっせいに輝きだした。

柵の前には羊たちが集まって、早く開けてくれと騒いでいる。シンは急いで柵を開き、羊たちを一頭残らず追い出した。

「さぁ、みんな、腹一杯食べるといい。今日から、牛と驢馬も仲間入りだ。仲良くしておくれ」

ありがたいことに牧草は豊富で、食べ尽くされる心配はしなくてよかった。犬たちが羊を襲わないかだけが心配だったが、どうやら森での狩りに成功したらしく、羊を狙うことはなかった。

「よし、それじゃ、木を切りに森に行くから……ついてきて」

やはりここでじっとしていると、昨日のことが思い出されて気が滅入る。少しでも何かしていたかった。

「くたくたに疲れるまで働けば、嫌なことも忘れるさ」

斧《おの》と鋸《のこぎり》を持ち出し、驢馬に荷車を牽かせて森に向かう。荷台にリュウを乗せて進むと、まるで二人を護るかのように、犬たちもついてきた。

「木を倒すと、兎や野鼠が逃げ出す。それを捕まえて食べるといい」

獣たちには、こうしたシンの考えは通じる。同じようにリュウにも通じないかと、シンは改めてリュウに話し掛けた。

「……」

「髪留めの宝玉が綺麗だ。リュウの住むところでは、男でもみんなそんなふうに綺麗に髪を結うの」

どうもこういう話しかけには、うまく答えられないらしい。そこでシンは、新たな質問を考え出した。

「家族はいる？　お父さんとかお母さん、兄さん、姉さんとか？」

「……」

「駄目か。言葉が違うのかもしれないな」

リュウにとってシンの問いかけは、鳥の囀《さえず》り程度の意味しかないようだ。話し掛けられると微笑むが返事はない。話し掛けなければ、きょろきょろと森を見回しているばかりだった。

「そこで休んでいていいよ」

斧を手にして、杉の木を切り倒し始める。結構力のいる仕事だ。だが子供の頃から、こうして必要なものは何でも自分で作って生きてきた。やらなければ、困るのは自分だ。カンカンと木に斧を打ち付ける音が響く。それに驚いて巣から飛び出た兎を、犬たちは追っていった。

「あっ、危ない！　木が倒れるほうに立つんじゃないっ」

何をぼんやりとしているのだろう。今にも倒れそうになっている木の先に、リュウが立っている。慌ててシンはリュウの手を引き、自分のほうに引き寄せた。するとその横を、大きな杉の木がメリメリと音を立てて倒れていった。

「また頭をぶつけたら大変だろ。頼むから、危ないことはするな」

「……ん……」

「何？　斧をどうするんだ」

リュウはシンの手から、斧を奪おうとしている。一瞬、自分が襲われるのかとシンは心配したが、どうやら違うらしい。リュウは斧を手にすると、一本の木の前に立ち、シンがしていたように斧を振るい始めた。

「あっ！」

もの凄い力があるのがそれで分かった。何回も斧を振るうことなく、太い木は倒れていった。それを見届けると、リュウはまた別の木に襲いかかる。シンがやるより、はるかに短い間に、何本もの木が倒れていた。

「もういいよ。怪我しているのに、手伝わせてすまない。後は、枝を落として、荷車に乗せれば終わりだから」

言葉は話さず、知的とも思えないのに、シンの望みを理解し、楽々とそれをこなす力が隠れているのが不思議だ。

鋸で木を切るのも、最初にシンがやってみせると、すぐにリュウが替わってくれた。すると半分の刻で木は短く整えられ、あっという間に作業は完了してしまった。

「助かったよ。腹が減っただろ？　帰るまで待てないだろうから、ここで昼飼にしようよ。ソバ粉は好きかな？」

いつもと同じく、ソバ粉を焼いたのに、干し肉を巻いたものだ。笹《ささ》に包んだまま差し出すと、リュウは受け取ったが、シンが食べるのを待ってじっとしている。恐らく食べ方を真似るつもりなのだろう。

「中に辛味噌《からみそ》が少し塗ってある。辛くても驚かないで」

笹を外し、端から少しずつ囓《かじ》っていくと、リュウも早速真似し始める。これは気に入ったのか、すぐに笑顔になった。

革袋に入った水を、二人で交互に飲む。リュウと分け合っているという、それだけでシンは嬉しかった。

「きっと家族もいるんだろうね。嫁とか子供がいるのかな。何をやっても上手くやりそうだから、きっと皆に信頼されてたんだろうな。いなくなって、心配してるだろうけど……」

出来ればこのまま、ずっと記憶を無くしていて欲しかった。そして今のようにシンを助けてくれて、二人でずっと生きていけたらいいと願ってしまう。

「話せなくてもいいんだ。おれのしたいこと、伝わってるみたいだし。このままずっと、仲良く暮らしていけたらいいね」

リュウの体にそっと触れた。額の傷はもう出血も止まり、塞がりかけている。他にはどこも悪いところはないようで、リュウの体からは健康な熱い体温が感じられた。

「おれはね、獣たちの考えていることが分かるんだ。それで村人から怖がられたから、人の心は絶対に覗《のぞ》いたりしないって決めてたんだけど……」

いつもは決してしないことを、我慢できずにやってしまった。リュウが何を考えているのか、知りたかったのだ。

けれど何も伝わってこない。草を食べている羊のようにリュウは無心だった。

「そうか、人の心は獣よりずっと複雑なんだな」

リュウの考えは読めないが、シンの考えは伝わっている。帰り支度を始めたら、リュウは自然な感じで木を荷台に縄で結わえるのを手伝ってくれた。

荷が重くなったので、荷台には乗らずに驢馬と共に歩く。そうして森を出ようとしたら、犬たちが大騒ぎしながら何かを追っているのに気付いた。

どうやら無謀にも、巨大な猪《いのしし》を狩ろうとしているらしい。村育ちの犬たちだ。山や森にいる獣の恐ろしさを、まだ十分に知らないようだ。

「おまえたち、深追いするなっ。やられるぞっ！」

シンの叫びは犬たちには届かない。ついにはシンの目の前に、手負いの巨大な猪が現れた。猪は興奮していて、シンに向かって全速力で走ってくる。

いくら獣と心を通わせることができるといっても、こんなに興奮した野生の獣では無理だ。やられると思った瞬間、斧を手にしたリュウがシンの前に立ち塞がった。

リュウからは恐怖がまったく感じられない。十分に猪を引きつけてから、武神のような鮮やかな手つきで、リュウは猪の喉を一瞬で切り裂いていた。

鍛え抜かれた体は、危険を察知すると瞬時に反応する。ああ、この男は優れた武人だと、シンは確信した。

「ありがとう、助けてくれて」

礼を言われても、リュウには自分が何をしたのか、分かっていないようだ。ぼんやりと猪の骸《むくろ》を眺めている。

「きっとリュウは……どこかの国の兵士だったんだね」

シンの知らないところで、戦が始まったのだ。戦禍を逃れたいと思っても、どこにも逃げようがない。できることなら、シンが暮らす牧草地には、誰も攻め入ることのないよう、祈るしかなかった。

猪は解体して、一番おいしい部分の肉だけをもらう。後は狩りの主役だった犬たちに分け与えた。

肉を焼くと、リュウは驚くほどの量を食べた。けれどシンは、解体を一人でやったからくたくたで、眠くなってしまってあまり食べられなかった。

どうやらリュウは、木を切ったり、猪を一撃で倒したりはできるが、肉を捌《さば》いたり、料理をするのは得意ではないらしい。シンが短刀と包丁を使って、猪を解体していても側で見ているだけだった。湯を沸かしてくれといってもできないし、青菜を畑から取ってくることもできなかった。

「きっとリュウの住んでるところでは、そういう仕事は女とか、年寄りの仕事だったんだろうな」

大勢人のいる場所では、自然と役割分担が決まる。リュウのような屈強な男には、もっとも相応しい仕事があったのだろう。

獣臭くなったので、冷たいが小川に入って体を洗った。本当なら湯を大量に沸かして、体を拭けばいいのだが、疲れきっていてそこまでする余裕がもうなくなっていたのだ。

「いいさ……。薪をどんどん燃して、温まってから眠ればいい」

リュウがいなかったら、猪を解体する気にはとてもならなかっただろう。そのまま犬たちに与えて、後は自然が始末してくれるままに任せたはずだ。

ともかくリュウには、精の付くものを食べさせてあげたい。そう思って、シンは張り切ってしまったのだ。

星を見ながら体を洗っていたら、いつの間にかリュウも来ていて、同じように小川に入って体を洗い始めた。

「水が冷たいだろ？　よく洗ったら、火にあたって体をよく温めるんだ。酒があれば、もっと簡単に温まるんだけど、おれは酒を飲まないから」

一度だけ酒を飲んだことがあるが、まるで毒でも飲んだかのように苦しんだ。シンにとってはいらないものだが、リュウは飲みたいと思うのだろうか。

「落ち着いたら、村に行ってみるよ。酒甕《さけがめ》が割れてないといいな。その前に領主様のところに行くべきだろうけど、どう話したらいいのか分からないし、ここを出て行く勇気がない」

一番しなければいけないことだろうに、気が重い。それよりここでリュウと二人、ひっそりと暮らしていたかった。けれど逃げてばかりいられない。村人の供養のためにも、領主の元を訪れないといけなかった。

「もう少しだ。リュウがここでの生活に慣れて、いろんなことが普通にできるようになったら行こう。リユウ、すっかり体が冷えちゃったね。戻ろう」

通じているとはとても思えないが、話す相手があるのは嬉しい。微かだが反応はあるし、嫌がっている様子も見えなかった。

濡れた体のまま、急いで小屋に駆け込む。そして暖かな炉の側で、リュウの体を拭ってやった。

リュウはされるままになりながら、じっとシンの体を見ている。

「男の裸なんて、珍しくもないだろ？　おれにとっては、珍しいけどね。あんまり他の人と暮らしたことがないから、よく知らない。女の裸なんて、一度も見たことないや」

綺麗に拭うと、自分がまだ濡れたままなのに、まずはリュウの下帯を巻いてやった。

「こんなところに刺青なんて、変わってるね。リュウの部族では普通のことなのかな？　大人になった印とか？　おれは、大人になっても、嫁は貰えないんだ。リュウにはいるの？」

こんな男を婿にできたら、きっとその女は幸せだろう。だが失ったら、これまでの幸せの分以上に不幸になっている筈だ。

「返してあげないといけないのは分かってる。だけど、リュウは何も思い出さないし。もう少し、ここで、おれと一緒にいて欲しい」

衣を一枚着せて、帯を緩く巻いてやった。そしてシンは、羊の毛皮を敷き詰めた寝床を示した。

「温まったら、すぐに寝床に入ったほうがいいよ」

いつまでも裸でいたら、普通は病になったりするものだ。けれどシンは病になったことがない。ゆっくりと自分も着替えをしながら、シンは話し続ける。

「猪の肉は気に入った？　今度、罠《わな》でも仕掛けておくかな。いつもは兎か鳥の肉を食べてる。羊は神様がくれた大切な獣だから、祭りのときしか食べたらいけないんだ。毛はふわふわ暖かいし、糸にして編むと何でもできる。その上掛けは、村の婆さんたちが作ってくれたんだ」

細く撚《よ》った羊の毛を編んだ上掛けを見ると、またもや胸が苦しくなる。なぜ罪もない年寄りまで、全員殺さねばならなかったのか。

「もう、作ってくれる人たちがいなくなっちゃった……大切にしないと」

寝床に並んで横たわり、上掛けで互いの体を覆った。そしてシンは気が付く。一人で寝るのと違って、寝床の中が暖かい。

「この辺りは、夜になると寒いんだ。だけど、今夜は全く寒くない。今年の冬は、いつもより寒くなさそうだ……嬉しいよ」

「……」

リュウは黙って、天井を見つめている。そのうちに目を閉じたと思ったら、もう寝息をたてていた。

「いいよな。何も悩むことがないんだから」

今年の冬だけではない。来年の冬も、再来年の冬も、こうして二人で眠ることができたらどんなにいいだろう。独り寝しか知らないシンにとって、こうして共寝のできるだけで嬉しかった。

さすがにリュウも、今夜は暗くても驚きはしないだろう。そう思って灯《あか》りを消した。小屋の中はすぐに真っ暗になり、燃え残りの薪の微かな埋《うず》み火《び》だけが赤く見える。

共寝の暖かさと日中の疲れで、シンも今夜は何も悩まず、すぐに眠ってしまった。

どれぐらい眠ったのだろう。パチパチと薪が爆ぜる音で、シンは目覚めた。

誰かが薪を足したのだ。シン以外の人間といったらリュウしかいない。

そこでシンは、やけに寒いことに気が付いた。どうやら寝ているうちに、衣も下帯も脱いでしまったらしい。しかも横に寝ていたリュウの姿がなかった。

「いない……悪い夢でも見たのかな……」

小屋の扉が開いている。リュウは外に出たのだろうか。慌てて起き上がり、捜しに行こうとしたら、リュウはすぐに中に戻ってきた。

「ここはどこだ？」

「えっ……」

いきなり普通に話し掛けられて、シンは驚いた。

「話せるじゃないか。自分が誰か思い出したの？」

「正確な場所を言え」

いつもは穏やかに笑っているリュウからは想像もできない、威圧的な口調だった。

「新郷《しんごう》の村だよ。村長はソラジさんで、領主はハンジ様だ」

「西の領主村か……場所は正しいが」

リュウは怒ったように言いながら寝床に戻ってきて、強い力でシンを寝床に押しつけた。

「お、おれは怪しいやつじゃない。心配しなくていいよ。河原に倒れていたのを、ここまで連れてきたんだ」

ぼんやりとしていたときのことは、もう綺麗に忘れてしまったのだろうか。炉の火が照らし出したリュウの顔はとても険しい表情で、怖いぐらいだった。

「どこから来たの？　名前は？　何してた人なのかな？」

「おまえこそ何者だ」

「お、おれはシンだよ。羊番のシン。ここはおれの小屋だ」

これがリュウの本当の姿なのだろうか。だったら何も思い出さないままでいて欲しかった。そう思えるくらい、今のリュウは殺気立っていて、シンは恐ろしさすら感じた。

「おれが粥を食わせたこととか、一緒に木を切りに森に行ったことなんて覚えてないの？」

リュウは返事をせず、用心深そうに、あたりの様子を窺っている。他に誰かいるのかと探っているらしい。

「心配しなくていいよ。あんたを探して、誰かが来たなんてことはないから」

「……他には誰もいないのか？」

「羊がたくさん。それに鶏五羽。牛が一頭、驢馬が一頭、豚は二頭。あとは犬たちが十五頭。それがおれの家族だよ」

「村に家族がいるのだろう？」

シンはそこで力なく首を振る。

もう少しで、リュウを家族のように思うところだった。けれどこの感じでは、シンがどんなに家族だと思おうとしても、リュウは同じように思ってはくれないだろう。

「家族は、もともといない。村は……禦空国の兵に、焼き払われた。残ったのは、おれだけ」

その話をしたからといって、リュウが助けてくれるとは思えないが、何か知っているかもしれない。それを聞きたくて、シンはリュウを見つめる。

「そうか……それは気の毒だったが……残ったのはおまえだけ。では、おまえなのか？」

何を言われているのか、意味が分からない。途惑っていると、リュウはシンの顎を捉えて、じっと顔を見つめてくる。

「何？　おれが何かした？」

「こんな、ありふれた貧相な男なのか？」

「わ、悪かったな。貧相な男かもしれないけど、これでも羊番としちゃ優秀なんだよ」

リュウの手をどけようとしたが無理だった。強い力で押さえつけられ、ふりほどくこともできない。

そのままシンの上に跨《またが》り、寝床にその体を押しつけ、リュウは着ているものを脱ぎ始めた。

二人で裸になって、何をする気なのだろう。剣がないから、まさか組み手で戦いを挑むつもりだろうか。そんなことをしなくても、力の差は歴然だし、シンは最初からリュウと敵対するつもりは微塵《みじん》もない。

「は、離せよ。痛いだろ」

「兆《きざ》している。いったいこの私に何をしたのだ」

「何をした？　傷に薬を塗ってやり、腹一杯食べさせてやった。裸だったから、新しい下帯も晴れ着も着せてやったじゃないかっ！　何をしただって？　偉そうに言ってるけど、ここはおれに感謝するところだろ」

とんでもないものを拾ってしまったようだ。感謝されるどころか、怪しい者だと思われている。上から押さえつけられ、しまいには首でも絞められるのだろうか。

「これは緑氏《りょくし》の呪いか？　こんなどこのものともしれない相手に、兆しているなんて……」

リュウの言っていることはよく分からない。伝わってくるのは、リュウの体から発せられる熱と怒りだけだった。

「おまえが本物なら……いずれ分かる」

そこでリュウはシンの足を大きく左右に開き、体を割り込ませてきた。

「えっ？」

薪が勢いよく爆ぜて、リュウの股間のものがはっきりと目に入った。それはこれまで見ていたものより何倍にも膨れていて、長剣のように真《ま》っ直《す》ぐに立ち上がっていた。

「な、何、それ」

「息吹《いぶき》を与えてくれたのか？　痛むほどに兆している」

「息吹って？　えっ、ね、まさか、おれと、する気なの？」

何としても逃げ出さなければいけない。そう思ったけれど、リュウはシンの両足首を摑《つか》み、大きく開かせていた。

「やめてくれっ。おれは、おれは、嫁も貰えない異端のものだけど、おまえなんかの慰《なぐさ》み者になる気はないんだからな」

旅の荒くれ者たちが、たまたまここに立ち寄った日のことが思い出された。

男たちは羊を見て、シンに言ったのだ。どの羊が、おまえの嫁かと。

嫁の羊だけは殺さずにおいてやると言われた後、男たちは手にした長刀《ちょうとう》と鞭《むち》で、羊狩りをしようとした。羊を女の代わりに陵辱した後、殺してその肉を食うという。

羊には手を出すなと言ったら、じゃあおまえがおれたちの相手をしろと脅された。

羊を犯すより、まだ若い男のほうが具合がいい。そう言われて初めてシンは、自分がそんな対象として見られることに気付いたのだ。

あのときは、狼が助けてくれた。子供の頃から、何かに襲われそうになると狼が助けてくれる。いつもは決してシンの羊を脅かさないのに、まるでシンの危機に気付いたように、いきなり群れで現れたのだ。

今夜も狼は来るだろうか。そしてこの危機から、シンを救ってくれるだろうか。

「やめろっ、おれにおかしなことをすると、狼がくる。狼は平気で人を殺す。どんなにリュウが強くても、狼の群れ相手じゃ敵わない」

「そうか、だが、狼も私は襲えない」

「どうして、そう言い切れるんだ」

「私は三十二代竜王だ。万物すべて、私に平伏する」

「竜王……」

何となくリュウと呼びたかったのは、そういうことだったのだろうか。けれどシンは竜王なんて知らない。聞いてもどこか異国の王なのだろうぐらいにしか思えなかった。

「おれは、あんたに平伏なんてしない。王だなんて嘘《うそ》だ」

本当にそんな力があるなら、シンだって従っているだろう。なのにシンの心は、何も変わったところはなかった。

これではいつかの荒くれ者と同じだ。記憶がなかったときのリュウは、共寝をしてもおかしな気持ちにはならなかったのに、戻った途端にこんな傲慢で危険な状態になるのが悲しい。

「離せっ。狼を呼ぶぞ」

心の中で、助けを求めればいい。けれどどんなに求めても、今夜は狼の群れが近づいてくる様子はなかった。それだけでなく、シンの家族である筈の犬たちも、こんなときにワウッとも鳴かない。

「そうだ。おまえは簡単に平伏しない……だから、おまえがそうなのかと思っている」

そこでリュウは、先端に竜の刺青が入ったものを、シンの体に押し当ててきた。

「い、嫌だ。嫌だ、やめてっ」

けれどどんなに懇願しても、リュウは聞き入れることもなく、無理にシンの中にねじ込んできた。

「うっ、うわっ!」

痛みから逃れようと、シンは体を反らせる。けれどどんなことをしても、リュウの圧倒的な力に対しては何の効果もなかった。

「ああっ……な、何だ、これは……」

痛みのせいだろうか、シンは視界が青くなっていくのを感じた。

暗い夜なのに、まるで明けたばかりの空を見ているかのように青い。

「きついな。初めてか？」

その部分にすっぽりと屹立《きつりつ》したものを収めてしまった後で、リュウはシンの顔をじっと見つめながら訊《き》いてくる。

力なくリュウの分厚い胸を叩《たた》くしか、シンにできる抵抗らしきものはなかった。

「喜べ。もっと感じろ。ただ倒木のように転がっているんじゃない」

リュウはシンを叱りながら、ゆっくりと腰を動かし始める。

いったい何を喜べというのだ。痛みと屈辱にまみれているのに、この状況で喜べることなど思い浮かばない。

目にするものがすべて青くなっている。空に浮かんでいるかのように不安だった。

男はこんなことをするときに、視界が青くなるものなのだろうか。そんなことを教えてくれる親切な知人もいなかったシンは、自分の身に何が起きているのかも分からない。

ただはっきりしているのは、シンの中に堅く屹立したものを入れている男は、一人では粥も満足に

食べられなかったリュウとは別人のような存在だということだった。

これがリュウのままだったらどうだろう。興奮してしまったことを抑えられずに、リュウが抱き付いてきたとしたら受け入れただろうか。

もっと優しく受け入れられたと思う。シンはあの子供のようなリュウが好きだったんだと、今更のように気が付いた。

「本当に何も知らないんだな。伽《とぎ》の作法も知らない。こんな、ありふれた男だったとは正直、がっかりだ」

文句を言いながらも、リュウは腰を激しく動かし始め、ついには獣のように低く呻《うめ》いた。するとシンの体の中に、生温いものが注ぎ込まれていく。

「あっ！」

目の前がますます青くなって、一瞬でシンは意識を失ってしまった。

どれほどの間意識を失っていたのか分からないが、気が付いたらもう薪は燃え尽きていて、リュウも隣で寝息を立てていた。

「夢？　夢だったのかな……」

そう思いたかったが、体には不快感が残っている。そしてリュウもシンも裸で、下帯一つつけていなかった。

「竜王……」

冷たくなっているリュウの体を上掛けで包んでやりながら、シンはバンバ先生が教えてくれた、近隣の国々のことを思い出していた。

「そうか……東の大国だ。竜王が統べる国、そんなこと聞いたような気がする」

他国のことになんて興味がなかったから、熱心に聞いていなかったのがいけなかった。こんなことになると分かっていたら、もっとちゃんと聞いておくべきだったろう。

「禦空国は知ってる。皇帝が統べている国だ。やつらは……おれの村を焼き払った。大昔も戦争があって、そうだ、確か、竜王の国と禦空国が戦ったんだ」

何もかも思い出したリュウは、明日にはここを出て行くだろう。リュウがいなくなるのは寂しいが、本当に竜王だというならさっさといなくなって欲しい。シンに対して優しさの欠片《かけら》も見せない傲慢な王など、いなくなったらせいせいする。

「おかしなこと言っていたけど、あれは何だったんだろう？」

明日の朝になってリュウが目覚めれば、すべてがはっきりする筈だ。それまでの間、シンも眠ろうとしたがやはり一人で寝るのは寒い。気付いたらシンは、リュウの横に身を横たえて、抱き合うようにして眠っていた。

唯一の雄鳥《おんどり》が、けたたましく鳴き始めた。朝がきたことを、知らせてくれているのだ。

シンは起き上がり、まだ裸のままで寝ているリュウを見つめる。

おそらく、今日でもう別れることになるのだろう。

「竜王の国は遠いんだろうな。どうしよう、驢馬をあげるべきかな」

老いた驢馬だ。そんな遠くの国まで旅をさせるとなったら、途中で死んでしまうのは確実に思えた。それよりもここでのんびりと暮らさせてやりたい。

「だけど馬はみんな盗まれたし……」

隣の村は無事だろうか。歩いていくと一日掛かりになるが、そこまでリュウを送り届ければ、馬を手に入れることも可能だろう。

「馬は高いよな。おれ、金はそんなに持ってない。羊を連れていって、交換してもらえばいいか。そうだ、剣とか、武具もいるよな。そうすると、どれだけ羊を連れていけばいいんだろう」

人のいいシンは、そんなことまで細々と心配していた。するとリュウがむっくりと起き上がる。裸が寒かったのか、慌てて衣を引き寄せて、不慣れな様子で何とか身に纏《まと》おうとしていた。

「王って、自分の身の回りのことは何もしないんだろ？　それで分かったよ。下帯一つ、自分で巻けない意味が」

あんなことをされたけれど、もうじき別れる相手だ。せめてここにいる間は、精一杯優しくしてあげようと思った。

そこでシンは、まずリュウの着替えを手伝った。

「隣村に行こう。そうすればきっと馬が手に入る。馬がないと、とても東の国までなんて、行けないだろ？　どういう事情でここに来たのか知らないけど、王が共も連れずに一人でいるなんて、あんまりないことだよね。きっと、みんな探していると思うんだ」

シンが熱心に話し掛けても、リュウは答えない。それより衣を着せてくれたのが嬉しかったのか、犬のように鼻を寄せてきて、シンにべたべたと甘えてきた。

「リュウ？　えっ、リュウなのか？」

ここにいるのは昨夜の傲慢な王ではなかった。シンが好きな、幼児のように無心なリュウだ。

「まさか……戻ったの？」

では、昨夜のあれはいったい何だったのだ。リュウの顔つきはすっかり柔和になっていて、怒りに満ちた険しい表情はどこにもない。

リュウはシンに抱き付いて鼻をこすりつけていたが、そのうちに鼻が唇になっていた。さらには舌が、シンの顔を舐《な》めている。

「よ、よせよ。犬みたいに、舐め回すな」

抱き付いてくるリュウの力は強い。けれど昨夜のような無慈悲さは感じられず、体当たりで懐く犬のようなものだった。

「昨夜のことは覚えてない？　その……しただろ？」

痛みばかりが記憶に残る、ぎこちない行為だった。だがリュウには少し喜びもあったから、精を解きはなったのだろう。

その話をしているのに、リュウは全く覚えていないらしい。シンの言葉をどう解釈したのか、リュウはそこで外に出て、羊たちを柵の外へ追い立て始めた。

それが終わると、今度は犬たちと遊んでいる。猪の肉をたらふく食べた犬たちはとても元気で、リュウと楽しげに追いかけっこをしていた。

「あれは、いったい何だったんだ」

朝餉の支度をしながら、シンはやはりあれは夢だったと思い始めていた。

「時々、本当みたいなおかしな夢を見るものな。リュウが竜王？　あり得ない。こうしてると、ただの気の良い男にしか見えないもの」

それはシンの願望だ。リュウがきっと特別な男だろうとははじめから思っていた。それでも、竜王なんかより、ただのリュウであって欲しいと願っていた。

「今日は、家畜小屋を造ろう。それと、猪を捕る罠を仕掛けてきて、鶏小屋も造らないとな。やることはいっぱいあるじゃないか。おかしな夢なんて、忘れよう」

炉に火を熾《おこ》し、鍋で粥を大量に作る。青菜を採っていたら、リュウが大喜びの様子で走り寄ってきた。

「何？」

大きな手の中には、二つの卵が入っている。

「ああ、よかったね。産まれてたんだ。食べよう。割らないように気をつけて、ここに入れて」

摘んだばかりの青菜の入った籠に、リュウは怖々と卵を入れる。そんな姿は、まさに幼い少年のようだった。

本当に竜王なら、卵ぐらいでこんなに喜ばない筈だ。そうなると、やはりあれは夢だったのだと思えてくる。

「そうだ……リュウとやったのかもしれない。それが信じ難くて、きっとあんなおかしな夢を見たんだ」

眠る前に、リュウとやった。その後に夢を見て、おかしな混同をしてしまったのだ。そう思えば納得できる。

「リュウは大人だものな。もう……やり方だって知ってるだろうし。そうさ、食べたり、狩りをするのと同じだもの。やったことがあれば、自然と思い出す」

今朝の懐きようからみても、やったのは確実だ。でも、もしリュウとやったのなら、その場面を思い出せないのがシンは悲しい。

小屋に戻って、青菜を刻んで粥に入れていたら、リュウは椀を手にして嬉しげにシンに身を寄せてくる。朝飼を待ちきれない子供のようだ。

「ねぇ、昨夜のこと、本当に覚えてない？」

リュウはそこでじっとしている。何かを考えているようにも見えた。

「肉を食べたり、狩りをしたことは忘れてないだろ？」

「……」

「寝てからのことは？　覚えてる？」

黙っているので、どうやら覚えてはいないようだ。それとも覚えていても、正確に表す言葉を知らないのかもしれない。

「夢の中のリュウは、よく喋ってたのに。まぁ、いいや、これで羊を売らずに済んだ」

リュウはシンに抱き付くと、また唇を押しつけてくる。どうやらこれが、リュウの国では親愛を示す動作らしい。

「こんなふうに、優しく始めたんだったらいいのにな。そこがどうして思い出せないんだろう。疲れてたから、半分寝てた？」

笑いながらシンは、お返しの意味も込めてリュウの顔に唇を押しつけた。するとすぐにリュウは、唇に唇を重ねてきた。

おかしな感じだ。全身を堅い筋肉に覆われた男なのに、唇はとても柔らかい。いつまでもこうして重ねていたいような気持ちになってきたら、リュウは自然な感じで舌をシンの口中に差し入れ、甘く吸い始めた。

「んっ……んん……」

体の深奥に、甘い痺《しび》れが生まれた。そんなことは初めてで、シンは途惑う。

もし昨夜のうちにこんなことをされていたら、簡単に忘れたりはしないだろう。

何が現実なのか、ますます分からなくなってきた。

「リュウ……いつもこんなことしてたのかな。慣れてるね。きっと、想《おも》い人とか、嫁がいたんだ。そうだろ？」

何もかも思い出したら、愛する相手がいたことも当然思い出す。そうなったら、自分は今のようにリュウには好かれない。そんな思いが、竜王が自分を探していたというような、おかしな夢になったのだろうか。

執拗《しつよう》に唇を求めてくるリュウの体を、シンはそっと押し戻した。

「腹が減っただろ？　今日は、家畜小屋を作るから、助けて欲しい。一人じゃ、柱を立てるのは無理だから」

しなければいけないことを思い出せ。そしてこの甘美な呪縛から、さっさと自由になるべきだと、シンは自分に言い聞かせた。

小川で冷やした瓜と、卵を入れた粥でいつもと同じ朝餉だ。昨日とは違って、自然な動作でリュウは食べている。

「暮らしていく方法は思い出しているんだ？　だけど、昨夜のことだけ覚えてないなんて……それはお互い様か。おれも覚えてないんだもの。だけど、嫌じゃないよ。リュウとならね」

おかしな夢でなく、きちんとリュウと向き合ってやりたい。それなら抱かれてもいいとシンは思っていた。

「ずるいのかな、おれは……。リュウにはここで一緒に暮らして貰いたいと思ってる。そのためにあいうことするんなら、いいよ、好きなだけやっていいから」

だからどこにも行かないでくれとシンは願う。間違っても、竜王などではあって欲しくなかった。

朝餉が終わると、早速、家畜小屋を建て始めた。二人でやると、ささいな失敗すら笑いのもとになる。何度も笑い転げながら、楽しく作業を続けていたら、いきなり犬たちが激しく吠《ほ》え始めた。

「何だろう。あれは……禦空国の兵だ」

五騎の騎馬兵だった。馬上の兵の一人は、禦空国の旗を掲げている。彼らは迷うことなく、牧草地の中まで入ってきた。

シンは急いでリュウに近づき、そっと耳打ちした。

「いいか、頭巾を取るんじゃない」

作業をするので、怪我をしないために羊の毛で編んだ頭巾を被っていた。そのせいでリュウの特異な髪型も隠れている。

「新郷の村の者か？」

馬から下りることもなく、居丈高に兵が訊いてくる。

「いえ……外れの羊番です」

外れというのは、どこの村にも所属していないということだ。

嘘など滅多に吐《つ》かないが、なぜか今は正直に話してはいけないと思っていた。

「最近、新郷の村には行ったか？」

「いいえ。まだ羊毛を売る時期じゃないんで」

知らないふりをしろ。紅蓮《ぐれん》の炎が、家々を焼き払ったことなど、見なかったことにするのだ。シンは自分にそう言い聞かせながら、思わずリュウの様子を窺ってしまった。

リュウが何かを思い出し、ここで騒いだらと心配になったのだ。

「その男は？　おまえだ、おまえ」

兵はリュウのすぐ近くに寄っていく。シンは咄嗟《とっさ》に庇《かば》った。

「おれの兄です。言葉は話せません。少し、その、頭がとろくて」

「そうは見えんがな」

何を疑ったのか、兵はじろじろとリュウを見ている。けれどその足下で、犬がぎゃんぎゃん鳴き始めたので、馬が怯えて下がり始めた。そのおかげでリュウに対する審議は終わった。

「女はいるか？」

「いえ、ここには女なんていません」

「小屋を調べるぞ」

「あ、はい、どうぞ」

兵はすぐに馬を下り、全員で小屋の中に入って調べ始めた。何か盗まれては大変だと、シンは心配になってついていく。だが兵の目的は、本当に女を捜すことらしく、小屋にある粗末な備品になど見向きもしなかった。

行李の中や、寝台の下まで調べられたが、当然いるはずもない。狭い小屋の中は、すぐに調べ尽くされてしまった。

「正直だな。匿ってはいないようだ。村から若い女と、そこの男、おまえの兄か？　あの男のような者が逃げてきたら、捕らえておけ。五日後にまた立ち寄る。捕らえたら、報奨金を与えよう」

「……何か、悪いことをした人たちですか？」

「ああ、禦空国の皇帝を暗殺しようと目論んだ悪人だ」

「え、ええ、そんな悪人、おれたちみたいな羊番に、捕まえられますかね？」

シンの名演技に、兵は簡単に騙《だま》された。笑顔になって、兵は頷《うなず》いている。

「そうだな。男は手負いだが、かなり強い。おまえらの首など、すぐに刎《は》ねてしまうだろうな」

「え、ええええっ」

大げさに驚くシンに、兵は小声で言ってきた。

「だから、先に女を捕らえろ。よく訓練された犬がいるじゃないか。犬に女を追わせればいい。殺すと脅して、男を動けなくするんだ。おまえの兄なら力がありそうだ。男を捕らえられるさ」

「そ、そうか。それで報奨金って、どれぐらい貰えるんですか？」

「天帝金貨だ」

「金貨って言われても、おれにはどれだけの価値があるのか分からないや」

本当にシンは、金貨がどれだけ価値のあるものか分からなかったのだ。すると兵は、天井を見上げて思案していたが、どうにかシンにも分かる答えを出してくれた。

「羊なら百頭は買えるだろう」

「ひゃ、百も！」

「ああ、ついでに人を雇って、小屋を造ることもできるだろうな」

「す、凄い」

シンがその気になったと思ったのか、兵は満足した様子で小屋を出て行く。そして馬に乗って、村のある方角に向かって行ってしまった。

「よく、大人しくしていられたね。おかげで疑われずに済んだ」

そう言って励ますと、リュウは激しく首を振り出した。

「何か思い出した？　それで頭が痛むのかな」

傷はもうほとんど目立たない。並みの男だったら、完治するのにもっと刻が必要だった。やはりリュウは特別なのだ。

「落ち着いて、リュウ。もう来ないよ。それに、あいつらが探しているのは、リュウじゃないから」

そうなのだろうか。怪我をしているが強い若い男となったら、リュウ以外にいないだろう。もし本当にリュウが竜王なら、禦空国の皇帝がその命を狙うということもあり得そうだ。

「リュウを逃がしたほうがいいのかもしれないけど、こんな状態じゃ、一人でなんてどこにも行かせられないよ」

だからといって、シンが一緒に逃げるわけにはいかない。シンには養わなければいけない家畜がいるのだ。

「もう仕事はいいから、小屋で横になってるといい。おれは、森に罠を仕掛けに行ってくる」

シンがその場を離れようとすると、リュウはその腕をしっかり握ってきた。縋《すが》り付くような目で見つめている。まるで親に置いていかれそうになった子供のようだ。

「分かった。それじゃ、少し休んでから、川で魚捕りしよう」

リュウの手を握って小屋に連れ戻り、炉で湯を沸かした。

「茶を淹《い》れてあげるよ。羊の毛を買いにくる商人がくれたんだけど、こんな高いもの、おれは滅多に飲まない。リュウはもしかしたら、普通に茶を飲む暮らしをしていたかもしれないね」

鉄鍋に沸かした湯の中に、少しの茶葉を入れる。すると何ともいえない芳香が、狭い小屋の中に広がった。

「女を捜しているって言ってたね。まさか、その女を殺すために、村を焼いたんだろうか」

若い女なら、かなりの人数いたように思う。女たちは、決してシンに話し掛けてはこなかったが、遠くから見ては笑っていた。

あの中には、皇帝の命を狙うような、大それたことをするような女はいない。兵たちはもしかしたら、とんでもない勘違いをしているのかもしれなかった。

「駄目だ。考えれば考えるほど、分からなくなってくる」

昨夜の夢に出てきた、謎の言葉がまた蘇《よみがえ》る。

『おまえなのか？』

そう言っているリュウの声が、何度もシンの脳内に響いた。

「皇帝を狙った刺客と、その相手を探してるってこと？　いや、そうだとしても、それはおれたちじゃない。絶対に、そんなことはないんだ」

茶を素焼きの茶碗《ちゃわん》に入れた。それを手渡すと、リュウは目を細めて香りを嗅いでいた。

シンにとっては高級な茶だが、リュウは毎日のように飲んでいたのかもしれない。そんなことを思わせる自然な動作で、リュウは茶をゆっくりと飲み干していた。

「いい家で育ったんだね。羊番なんてするような男じゃないんだ。そんなのは分かってる。分かってるけど」

シンが苦しんでいるのは分かるのか、リュウはすぐに側に寄ってきて、肩を抱いて唇を押しつけてくる。そんなリュウを、シンは強く抱き締めていた。

寝床に入っても、リュウは何もしてこない。最初は嬉しそうにシンに触れていたが、すぐに目を閉じて眠りに入ってしまった。

シンとしては、期待外れもいいところだ。今夜は寝ないでいて、リュウがどうやったのかしっかり記憶に留めようと思って待ち構えていたのに、先にリュウは穏やかな眠りに入ってしまった。

「そうか、ああいうことは毎日するもんじゃないんだな。五日に一回？　いや、もしかしたら二十日に一回くらいなのかもしれない。おれには、よく分からないけど」

少年が大人になる頃、体には変化が訪れると訊いた。けれどシンには、今までそういう変化は何も起こらなかったのだ。

同じような年頃の少年が、自慢げに自分のものを見せて話すのを聞きながら、どうして自分にはそういう変化がないのかと不思議に思っていた。

未《いま》だに射精を知らない。これでは異端の者でなくても、嫁など貰えはしないだろう。

「おれは、どうしてこんな体なんだろう。病に罹《かか》ってるのかな」

寝ているのをいいことに、さっと上掛けをめくってリュウの体を見る。寝るときには衣一枚と下帯だけだ。前がはだけて覗いた下帯の中は、大きく膨らんでいた。

「あれっ？　何だ、昨夜と同じじゃないか」

「何が昨夜と同じなんだ？」

リュウは目を開いたと同時に、昨夜と全く同じ口調で話し出す。

「えっ？」

「何だ、わざわざ着せたのか？　一晩に一度きりということはないんだぞ」

面倒くさそうに、リュウは帯を解《ほど》き始める。

「いったい何をした？　こんな兆してばかりでは面倒だ」

文句を言いながら、リュウはさらに下帯も解いていた。

「私に何を食べさせたのかと訊いている」

「昨夜は猪の肉。今夜は、川で捕れた魚。鰻《うなぎ》もあったよ。そのせいじゃない？」

「昨夜？　どういうことだ」

リュウはまだ昨夜のままだと勘違いしているようだ。意識を失ってから先のことは、すっかり忘れているらしい。

「おかしいよ、リュウ。昨夜、あんなことした後、すぐに眠っただろ。朝には、おれのよく知ってるリュウに戻っていた」

「おまえの知っているリュウとは何者だ」

「気の良い、優しい男だよ。一日中、文句も言わずに仕事を手伝ってくれて、おれが作る飯を、おいしそうにたらふく食べてくれる、いい男さ」

あれは夢ではなかったのだ。夜になると、リュウは別人になってしまうらしい。

そして悲しいことに、昨夜シンが抱かれたのは、大好きなリュウではなく、この別人の竜王だったのだとまざまざと思い出された。

「終わった後、私はまたおかしくなったというのか？」

「おれには、今のほうがずっとおかしく思えるけどね」

竜王となったリュウは、眉間に皺《しわ》を寄せて怒ったような顔をしている。それは性器が堅くなっていて、すぐにでもどうにかしたいせいもあるのかもしれない。

「今の竜王様が眠ってしまう前に言っておくよ。昼間、禦空国の兵が来た。竜王様と若い女を捜しているみたいだった」

「そのとき、私はいたのか？」

「いたよ。だけど、頭のとろいおれの兄だと言ったら、兵は疑わなかった」

「つまり、それだけ魯鈍《ろどん》だということだな？」

リュウは嘲るように言ったが、シンはただ頷く。

涙が出そうだった。魯鈍だろうが何だろうが、シンが好きなのはあのリュウなのだから。

「五日後にまた来るって、兵は言ってた。もし、傷のある若い男と女を捕らえたら、金貨をくれるってさ」

「金貨？」

「羊が百頭、買えるんだって」

　突然リュウは、大声で笑い出した。あまりにもおかしそうに笑っているから、つられてシンも思わず微笑んでしまう。

「この私が、たった羊百頭分の値段だと？　二百万の民を統治しているこの私を、そんな値段で売れと言ってきたのか？」

「そうだよ。女を人質にすれば、おれたち兄弟でも簡単に捕まえられるって」

「そうか、それはいい考えだな。だが、女などどこにもいないぞ。人質もなしに、どうやって私を捕まえる。それより私が惚《ほう》けているうちに、寝首をかけばいい」

　リュウは笑っているが、シンはもう笑えなかった。冗談でも、リュウを売ることなど考えられなかったからだ。

「竜王様を売る気はないよ。昼間も今のまま賢い状態でいられるなら、羊を売って、竜王様のために馬を買おうかなとも思ったんだ。そうすれば国に帰れるだろ？」

「うむ……」

　やっとリュウは笑いを止め、また眉間に皺を寄せる。

「いい考えだ。馬を買おう。二頭買えるほどの金はあるか？」

「一頭でいいだろ。おれは……竜王様とは行かないよ。家畜がいるんだから」

「何を言っている。私は、おまえを迎えに来たんだぞ」

「えっ？」

リュウの言っていることは、よく意味が分からない。どうして何の関係もないシンを、迎えに来たなどと言い出すのだろうか。

「どういうこと？」

「それより……滾《たぎ》っている。そろそろじっとしているのも限界だ」

「何で、そんなことどうでもいいよ。教えて、いったいどういうことなんだ」

「教えて欲しければ、私を楽しませろ」

リュウは楽しいのかもしれないが、シンにしてみれば痛みと屈辱だけしかない、服従の儀式だった。やるだけやったら、きっとまたリュウは眠ってしまい、すべて忘れてしまうのではないだろうか。今のうちに、話を聞くしかないのに、リュウは焦った様子で、シンの体から衣を剝ぎ取っていた。

「待って、教えて。おれを探していたってどういうこと？」

「おまえは……精霊が竜王に与えし后《きさき》だ」

そこでシンは俯せにされてしまい、背後からいきなり貫かれた。

「うっ、ううう っ……」

怒張したものは、昨夜よりさらに大きくなったかのように思える。

「あっ、あああ、い、痛い、ああ」

辛《つら》さにシンは呻き、敷物の羊の毛皮を握りしめる。その様子を見ているだろうに、リュウの動きに思いやりはなく、激しくなるばかりだった。

「い、いやっ、ああ、ああ、嫌だ」

「嫌がるな。それより、私に力を与えるように努めろ」

「り、リュウなら、こんなことしないのに。こんな乱暴なやり方、リュウならしない」

「まさか、昼間もしているのか？」

リュウの動きが止まった。そして一度怒張したものを引き抜くと、再びシンの体を上に向かせて、じっと覗き込んできた。

「答えろ。昼の間の、魂を抜かれた魯鈍な私とも、こんなことをしているのか？」

「こ、こんなことはしてないよ。だけど、リュウは、おれを優しく抱いてくれて、く、唇で、おれを好きだって、分からせてくれるんだ」

「はっ？　そんなことが嬉しいのか？」

「そ、そうだよ。嬉しいんだ。今、あんたにされてることより、ずっと嬉しい」

ほんの少し前までは、シンの大好きなリュウだった。一瞬で人格が入れ替わってしまうのを、どうにかすることは出来ないのだろうか。

「そんな悲しそうな顔をするな。一番、途惑っているのはこの私だ。妻を捜して旅立ったが、気が付いたら、おまえと共寝していた。兆していたから、おまえが相手だろうと思って迷わず抱いたが、結果はどうだ。夜、滾っているときしか、まともな己でいられない」

リュウの言っていることはもっともだ。辛いのだろうから、もう少し優しくしてあげるべきだったと、シンは素直に反省した。

「男は滾ったら、放つまで冷静でいられない。おまえに鎮めてもらうしかないんだ」

再びリュウはのしかかってきたが、今度はまず先にシンの唇を吸うことから始めてくれた。唇は同じだ。柔らかくて、しっとりと湿っている。なのに唇が重なった後の動作は荒々しく、あの時の何倍もの強さで吸われた。

「何も、喜びを感じないのか？」

萎えたままのシンのものを手にして、リュウは不思議そうに訊いてくる。

「おれは……感じない。おれは、竜王様の探している相手じゃないよ。きっと別の村に、本当の相手がいるんだ」

「そうは思えない。こんなに素直に、体はおまえを求めている」

再びリュウは、シンの中へと怒張したものを挿入してくる。シンは目を閉じ、昼間のリュウの姿を思い描いた。

こんなことをしてくる相手は、あの気のいい男だ。シンに無邪気に懐いている、優しい男なのだと思ってみたら、痛みはすっと軽くなり、閉じた目の奥がまた青くなってきた。

「んっ、んんっ、まるで吸い付くようだ」

リュウの息が荒くなってきて、動きは一段と激しくなってきた。

「んん、んっ、悪くないぞ、この体。感じないというが、反応はいい」

「……んっ……うん」

そっとリュウの体を抱いた。目を開けて、その顔を今は見てはいけない。同じ男のはずなのに、どうしても別人にしか思えない男がシンを抱いている。

「どうした。昼の私に抱かれているつもりか？」

なぜ分かってしまうのだろう。竜王と名乗るだけあって、この男は特別な力があるのかもしれない。シンの考えていることなど、簡単に見抜かれてしまうのだろうか。

「まさか、自分に嫉妬することになるとはな」

ぎゅっと顔を摑まれた。続いて苛立《いらだ》った声が響く。

「目を開けろ。そして、自分を抱いている男の姿をしっかり見るんだ」

「……あ……」

世界は真っ青になっていた。そんな中、リュウの頭の一部だけが、埋み火のようにぼんやりと赤くなって見える。シンは手を伸ばし、思わずそこに手を当ててしまった。

途端に激しい痛みを感じて、慌てて手を離したが、リュウはそれが刺激になったのか、怒ったように吠えて精を放つと、またもや意識を失ってそのまま眠りに入ってしまった。

「あれは、いったい、何だったんだ」

世界はもう色を取り戻している。そうはいっても、夜の暗さの中では、炉に残った僅かな埋み火の赤さしか見えなかったのだが、青だけの世界とは違っていた。

「おれのリュウは、また戻ってきてくれるかな」

ぐったりとして重たくなったリュウの体を、どうにかして横にずらして寝かせながら、シンはため息を吐く。

「傷が癒えたら、あのリュウはいなくなっちゃうんだろうか。そして竜王様になる。もう、おれのリュウじゃない」

深い眠りに入ってしまったリュウの体をそっと抱き締め、さっき見えた赤い部分を撫《な》でてみた。もう強烈な痺れのような痛みは襲ってこない。代わりに不思議な安堵感《あんどかん》を覚えて、シンはそのままリュウに抱き付いて眠ってしまった。

新たな悩みが生まれた。禦空国の兵がまたやってくる前に、リュウを連れてここを逃げ出すべきだろうか。それとも禦空国の兵に対して、この間と同じように惚《とぼ》けているべきなのか。

夜になって、まともになったときのリュウと相談して、決めてしまうべきだ。帰れないとなったら、隣村の住人に、ここの家畜を小屋ごと無償で渡すしかない。そうなれば喜んで引き取ってくれるだろうがシンにはもう帰る家すらなくなる。それでもいいか、覚悟が必要だった。

だがここを出た後、どうやって竜王の国まで行くのだ。その方法すら知らない。

「竜王の国ははるか東だ。ここからだったら、禦空国を通るのが一番の近道だけど、そんなことしたら、きっと兵に見つかる。それより、南に回って、船で行ったらどうだろう?」

リュウに話し掛けても、相変わらず朝のリュウはぼんやりしているだけだ。けれど今朝は自分で盥《たらい》に水を汲んできて、顔を洗うことまではきちんとやっていた。さらには羊の柵を開くことも、薪を運び込むこともやってくれている。

シンは朝餉の支度をしながら考え続ける。

「羊毛を買いに来る商人たちは、南から船で回るって言ってたもの。絶対に行ける筈だ。金は、どれぐらいあったかな」

寝床に敷かれた羊毛を取り除き、羽目板を外す。するとその下に、小さな壺《つぼ》が置かれていた。その中に、羊毛を売って得た金が入っている。

村には一定の額だけ納めればよかったから、毎年、少しずつではあったが蓄えることが出来ていた。九歳から始めて十年、そこそこの額が貯まっている。

「船に乗るのに、どれだけ金がかかるんだろう。途中、食べ物を買ったりするのに、いくらぐらいいるかな」

何日かかるか分からない旅だ。日中はぼんやりしているリュウを連れて、果たして東の果ての国まで辿り着けるのだろうか。

「いきなりいなくなったら、疑われるかもしれない。そうしたら追っ手がかかるのかな。兵に追われたら、逃げ切るのは無理だ」

ぶつぶつ呟きながら、いつものように青菜を採りに畑に出た。ところがそこでシンは、リュウの姿が見えないことに気が付いた。

「リュウ……まさか、思い出した？」

いきなり何もかも思い出し、シンを置いて出て行ったというのか。いや、リュウに限ってそんなことはしない筈だ。だとしたら考えられるのは、追っ手に捕まったか、ふらふらと外に出て狼に襲われたかだった。

「リュウ、リュウ、リュウーッ！」

名を呼びながら、森に向かって走っていった。

「いない。どうしよう。リュウ、リュウ、どこ！　どこに行った」

しばらく必死になって探していたら、いきなり森の中からリュウが現れた。その手には木の枝が握られていて、枝の先には鶉《うずら》が数羽、括り付けられていた。

「えっ？」

シンに近づいてきたリュウは、得意げに腰に下げた編み籠の中を見せる。すると鶉の卵がたくさん入っていた。

「鶉、獲りに行ってたのか。姿が見えなかったから、心配しちゃったよ」

ほっとしてリュウの手を握りしめながら、小屋まで帰る。その間、ふと、疑問が持ち上がった。

「鶉を捕る方法なんて、思い出したんだね。リュウは王様なのに、意外なこと知ってるんだな。今朝はちゃんと自分で下帯も巻いてたし……何も出来ないわけじゃないんだ」

リュウは相変わらず何も答えない。けれど何だか嬉しそうだ。

「狼にでも襲われたかと思った。そういえば、狼もリュウのことは襲わないね。どうしてなんだろう？」

シンに対して危険が迫ると、必ずどこからか狼が現れて助けてくれる。なのにリュウが来てからは、一度も狼の姿を見ていなかった。

「おれは、赤ん坊の頃、狼に育てられたんだ。だからかな、獣とは心が通じる。だけど人間とは難しいな。こうして手を繋《つな》いでいても、リュウが考えていることはさっぱり分からない」

するとリュウは何を思ったのか足を止め、シンを抱き寄せて唇を重ねてくる。優しい口づけだったので、シンは喜んで相手をした。

「おっと、ぼんやりしてると粥が焦げる。急いで戻ろう」

唇を離すと、笑いながら手を繋いで走る。こんなことをしているときが、一番幸せに感じられた。

「絶対に、竜王の国まで連れて行くから。とりあえず隣村へ行って、家畜全部と、馬を交換するよ。船に乗らないといけないけど、馬は乗せてくれるのかな？」

そんなことも知らない。粥はとても旨く作れるし、最高の羊番ではあったけれど、世の中のことは何も知らなかった。

けれどこれまでの生活からは、こんな大きな変化を想像することすら難しかったのだ。

粥には鶉の卵が大量に入れられた。それを見て、シンは幸せになった。

「ずっとここで、こんなふうに二人で暮らしていきたかった。だけど、それじゃ駄目なんだ。リュウのことを、必要としている人が大勢いるんだから、おれはその人たちにリュウを返さないといけない」

竜王国に近づけば、誰かがリュウに気が付いてくれるだろう。そうすれば竜王国の兵が、助けてくれるに違いない。

「もし竜王国に行く前に兵に追われたら、戦わないといけないけど、おれは戦いってやったことないんだ。だからって、護らせるのに犬たちを連れてはいけないだろ？」

剣や槍を手にした兵に、犬をけしかけるわけにはいかない。シンにとって、犬は人と同じように価値のある生き物だった。

「金があれば用心棒を雇えるらしいけど、逆にやつらは平気で盗賊に早変わりするんだって」

商人から教えられたことを話しながら、シンはリュウの椀に粥のお代わりをいれてあげた。

「どうしたの？　今日は食べるのゆっくりだね。あっ、そうか。瓜を忘れてた。後で、川から持ってこないと。リュウがいなくなったと思って、慌てたからな」

思い出して笑っていたら、じっとリュウが見つめてきていることに気が付いた。その目には、いつもと違う光が感じられる。何というのか、強さがあったのだ。

それは知性のある目だった。リュウはついに、昼間でも正気を取り戻しつつあるのだろうか。

「今日は、何をしようか。とりあえず家畜小屋の屋根までは作っていきたいな。雨が降ると、豚と牛と驢馬が濡れてしまう。それとも……そういうのも隣村の人に頼めばいいのかな」

シンは咄嗟に、いつものように過ごそうとして誤魔化す。

正気に戻っているなら、傲慢な口調で話し出すだろう。それをしないということは、まだ完全に戻ってはいないのだ。

けれどぐずぐずしていたら兵がまた来て、今度は本当にリュウのことを疑い出すかもしれない。こんなまともな表情をしていたら、注目されてしまいそうだ。

再び禦空国の兵が来るまで、三日の猶予があった。三日でどこまで行けるのか分からないが、兵に追いつかれてしまう可能性は十分にある。

「やっぱりすぐに出掛けよう。荷物、まとめようか。隣村に行こう。鶉は焙《あぶ》って、旅の食料にするよ。驢馬に荷車を牽かせよう。歩くと一日掛かるから、少しは楽しないと……」

ここを離れるとなると、やはり心が痛む。何よりも残していく羊や犬たちのことが気がかりだった。

「竜王国でも、羊番はいるのかな？　おれが、竜王様の探していた相手じゃなかったら、また羊番になれるといいけど」

シンの呟きを、リュウはじっと聞いている。その顔には、いつもと違う表情が窺えた。シンのことを哀れんでいる。そんな気がしてしまうのは、考えすぎだろうか。

鶉を捌き、串刺しにして遠火焼きにする。そしてソバ粉を練って、鉄板の上で大量に焼いた。

「一日掛かるから、鍋も持っていかないといけないね。それとこの上掛けも、持っていこう」

戻れる旅なら、わくわくして楽しいだろう。だが戻れないとなると、どうしても感傷的になってしまう。

「おれ、九歳から、ここでずっと独り暮らしだったんだ。獣と話せるのが、不気味だったんだろうね。村から遠ざけられたんだよ。用があるときだけ、村に行って人に会った。みんな、親切にしてくれたけど、おれを家族にはしてくれなかった」

なぜ今になって、こんな話をリュウにしているのだろう。どうせ分からないし、覚えてもいないだろうが、シンにとって自分のことを話す機会なんて滅多にないから、やはり一度は話してみたかったのだ。

「獣がいれば寂しくない。そう強がっていたけど、やっぱり人といるほうがずっと楽しいね。竜王国に行ったら、もう、獣と話せることは秘密にしようかな。そうしたら、気味悪がられたりしないよね」

悲しげに話しているから、何かは伝わっただろうか。リュウは近づいてきて、シンを抱き締めてくれた。

「おかしな出会いだったけど、リュウといると楽しいんだ。どうやら王様らしいね。だけど、おれにとってはそんなのでなくていいんだ。おれは、おれは……ただのリュウがいい。今のまんまの、優しいリュウが好きだ」

リュウの肩に頭をもたせかけて、シンは想いを語る。

「嘘でも……おれを探しにきたって言われて、嬉しかったよ。だって、おれのことなんて、誰も気に掛けてなんてくれないから」

「……」

そこでリュウはシンを慰めるように、唇を押し当ててくる。すぐにシンはそれに応えた。

「リュウ、ね、夜しか、ああいうことはしないの？　今はしたくない？　おれは、リュウとしてみたい。竜王様とじゃなく、リュウと。どうすればやれる？　その気にならない？」

リュウに抱き付き、思い切り甘えた調子でねだってみた。するとリュウはシンの頰を抓《つね》ってきた。どうやら怒っているようだ。

「えっ？　言っている意味、分かってる」

分かっているなら、それはリュウじゃない。昼だというのに、正気に戻ったのだろうか。確かめようとしたそのとき、犬たちがいっせいに吠えだし、続いて複数の馬の嘶きが聞こえてきた。

「兵だ。禦空国の兵が、もう来たんだ」

リュウに頭巾を被せないといけない。慌てて頭巾を探しているうちに、リュウはそのまま外に出てしまった。

「リュウ、これ、被れよっ！」

慌てて後を追ったシンは、そこでとんでもないものを見てしまった。

真っ黒な駿馬《しゅんめ》がいる。まさに見事というしかない、素晴らしい馬だ。その馬が、リュウに向かって駆け寄ってきていた。

その背後には、大勢の騎馬兵がいる。兜《かぶと》と鎧《よろい》で戦支度をしているが、いかにも戦い慣れた兵らしく動きは統率されていた。

「禦空国の兵？」

以前に見た禦空国の兵とは、兜と鎧が違っている。ではどこの兵だろう。思いつくのは、リュウの国、竜王国の兵だった。

「えっ？　あっ……どうしよう」

いっせいに騎馬兵は、リュウに向かって駆け寄ってくる。けれどリュウは馬を出迎えるのに忙しく、全く警戒している様子がない。

ついに兵たちは、リュウのすぐ側までやってきた。すると全員が下馬し、さらに腰を下ろすと地面に右手をついて頭を下げた。

「竜王……ご無事で何よりです。なかなか見つけられず、遅くなりました」

一番年長と思える兵が、重々しい口調で言ってきた。

シンは途惑う。ここで実は頭を打って、今はおかしな状態なんですと説明すべきなのだろうか。

「うむ。遅かったな」

すり寄る馬の鼻を撫でてやりながら、リュウは普通の口調で答えている。

やはり朝から、正気に返っていたのだ。

「緑氏の妖力は侮れんな。とんだ目に遭った」

リュウはいかにも王らしく、凜《りん》とした態度で話している。

ここにいるのは、もうシンの好きだったリュウではない。いや、昨夜からすでにリュウは、元に戻っていたのだから、とっくにあのリュウは姿を消していたのだ。

なのにリュウのふりをして、竜王は優しく接してくれた。騙されたと恨むより、シンは素直に思いやりに感謝した。

「新郷の村を訪れましたが、すでに焼き討ちに遭った後でした」

「うむ、そうらしいな」

リュウの足下に、這《は》い寄るようにして若い兵が、兜と鎧を持ってくる。その手には、さらに煌《きら》びやかな衣も握られていた。

「竜王、お召し替えを……」

「うむ」

そこでリュウは、戸外だというのに着ているものをすべて脱いで、兵に手伝わせて着替え始めた。

脱いだ衣をシンは拾い、そっと胸に抱き締めた。

まだリュウの温もりが残っている。けれどこれが冷めたら、もうどこにもリュウはいなくなってしまうのだ。

迎えは来た。もうシンが送り届ける必要はない。ただ笑顔で、リュウを見送るだけだ。

「新郷の村の者か？　竜王の世話をしてくれていたようだが、感謝する。褒美はいずれ」

年長の兵は、穏やかな口調で訊いてくる。シンはただ頷き、泣きたい気持ちをどうやって誤魔化そうかと考えていた。

「無礼な態度はとるな。その者は、探していた竜妃《りゅうひ》だ」

さらりとリュウは言ったが、兵は明らかに驚いていた。

「ま、まさか、この若者が」

「伝承には、雌雄、どちらの体を成すかは定かではないとある。獣に護られて、今日まで無事だったようだ」

兵たちはいっせいに、シンに向かって礼をする。腰を下ろした姿勢で、両手の拳を胸の前で合わせ

ていた。これは貴人に対する礼で、村長が領主に対面するときに行うのしか、シンは未だに見たことはなかった。

「よいか、出立の前に、あそこにある家畜小屋の屋根を造れ。我が竜妃は、残していく獣が雨に濡れるのが許せぬそうだ」

「はっ、ただちに」

兵たちは立ち上がり、急いで家畜小屋に向かう。そしてすぐに手分けして作業を開始した。

「すぐに隣村に伝令を向かわせろ。竜妃の家畜の世話をする者を雇うように」

「ははっ、ただちに」

まるで魔法のようだ。リュウが何か口にすると、次々とそれが実行されていく。伝令の若者が馬に乗り、教えてもいないのに隣村へ向かって走り出した。

「シン、何も持っていく必要はないが、そうだな。鶉は持っていこう。旨そうだ。あれを食べなかったら、きっと後悔するからな」

鎧を身に纏うと、まさに竜王の名に相応しい男になってしまった。それなのにおかしなことを口にしている。シンは笑いたかったが、どうしても泣き笑いにしかならなかった。

「リュウ……い、いえ、竜王様、おれは、ここにこのまま残ります」

「まだ分からないのか。無理もないが、旅の間に話して聞かせる。今より戻って、禦空国の皇帝と宰相の緑氏を討つが、おまえがいなければ私は十分な戦いができない」

「どうして？」

「おまえは、人ではあるが人にあらず。精霊の申し子だ」

精霊という言葉を聞いた途端に、いつも夢の中に現れる、青い髪をした美しい人の姿が蘇った。まさか自分が、あんな美しいものの仲間だとは、シンにはとても思えない。

「おまえの読んだとおりだ。一旦南に下り、船で竜王国に戻る。港にはすでに、軍船が待っている。何も案ずるな」

「で、でも、おれは何をすれば？」

獣と心を通わせるしか能のない自分が、いったい竜王の何に役立つというのだろう。それが分からなければ、付いていくのは難しい。

「見ろ。もう傷が完全に癒えている」

リュウは額を示した。確かにそこにあった深い傷は、綺麗に治っている。

「そして昨夜、私を正気に戻してくれた」

そう告げるとき、リュウはすまなそうな顔をした。愚かなままの演技をしていたことを、やはり悪かったと思っていたのだろう。

「あのおかしな痛みで、リュウは治ったんだね……」

ではあんな余計なことをしなければよかったのだろうか。

リュウが態度を変えずにいてくれたのは、シンに対するせめてもの思いやりだ。

これが本当のリュウなのだから。

シンが好きなリュウらしく、わざわざ演じて見せてくれていたのだ。

シンの顎に手を添えて上を向かせると、リュウはじっとシンの瞳を見つめながら言ってきた。

「愚かなままのふりをしていてすまなかった。勝手に小屋を出たのは、兵が近くにいるだろうと思って、森で狼煙《のろし》をあげていたんだ」

「……やっぱりね。どこかおかしいと思ったんだ」

「なのに私を誘ったな」

そこでリュウはにやっと笑うと、シンの頬を軽く抓る。

「やっと手に入れたのに、早々浮気されるとはな。しかも相手は、自分だというのが嫌になる」

それを言われると、シンは恥ずかしさに真っ赤になるしかなかった。

「おまえの望むような男にもなってみせる。だからシン、私を助けろ」

「どうすればいいのか分からない」

誰もが竜王には平伏するという。けれどシンは、リュウが竜王だとしても平伏するまでの気持ちにはなれなかった。なのにいったい何ができるというのだろう。

伽だけの相手なら、国に帰ればいくらでもいるだろう。国中の美男美女が、王の寵愛《ちょうあい》を求めてすり寄ってくる筈だ。

なのにこんな何もないシンを連れて行くという。その意味が分からずにいると、リュウは少し苛立った様子で言ってきた。

「おまえが管理するこの牧草地は、なぜいつも青々している？」

「えっ……」

「羊たちは、病むことも襲われることもなく、むくむくと肥えている。それはなぜだ？」

「……分からない」

「それが精霊の力だ。生き物のすべてに、力を与え、傷を癒す。その力で、私を助けてくれ」

リュウの顔が近づいてきて、自然な感じで唇が重なった。その唇の柔らかさだけは、最初の頃からまるで変わっていない。

やはりこのまま別れるのは嫌だった。自分でも自分がよく分からないけれど、リュウといればいずれ答えは見つかるはずだ。

シンは静かに頷き、再びリュウの唇を味わっていた。

一月ほど前のことだった。

竜王は城内での定例議会の席で、間諜《かんちょう》から報告を受けていた。

「申し上げます。禦空国宰相、黄《おう》氏が二日前、亡くなられました。恐らく暗殺だと思われます」

「宰相が亡くなった？　しかも暗殺だというのか？」

「はい……そのように思われます」

「では、次期宰相は、あの魔導師だな」

「恐らく……」

そこで会議に連なっていた文官、武官、長老たちの間から大きなどよめきが起こった。

もっとも恐れていたこと、隣国の宰相の死は、戦の開始を告げるものだったからだ。

竜の血を引く者が統べる国、竜王国は近隣諸国に対する、公正な番人であることを何年も貫いてきていた。

並外れた体力、知力を持つ竜王国の民ではあったが、自ら世界の覇者となる道は選ばなかった。それよりも番人であることに、彼らは大きな誇りを持っている。

王国の軍はよく訓練され、小競り合いから大きな紛争まで、すべてを平定してきた。そんな軍と民を統べる王は、二十五年に一度、もっとも優れた若者の中から選ばれる。そして存命なら齢五十まで王として君臨した。

竜王が第三十二代竜王として戴冠したのは、今から一年前だ。こんな厄災のときの王になるとは予想もしていなかったが、大事なときだからこそ、真価を発揮できると思うことにしている。

隣国の禦空国は大国だ。世襲の皇帝が国を統べている。皇帝が聡明《そうめい》ならば、無駄な戦など仕掛けてはこない。ここ三百年、幸いなことに皇帝や側近たちは賢く、自国の領土を広げようなどという野望は抱かなかった。

けれどもとんでもないものが宮中に入り込み、事情は大きく変わった。

今はほとんど使われることもなくなった魔力を駆使して、皇帝を支配する者が現れたのだ。その者は皇帝の耳元で、近隣諸国をすべて支配するようにと誘惑する。

皇帝は素直にその甘言に従い、戦の準備として兵を増強し、税を厳しく取り立て始めた。それに反対していた宰相は、あっさりと葬られてしまったようだ。

「緑氏の正体がよく分からん。どんな魔力を使う？」

竜王の問いかけに、間諜はすぐに答える。もう何年も、不穏な隣国の様子を調べてきた結果だった。

「人心の掌握に関しては、何やらの力を使っているかと思います。もはや大臣も将軍も、緑氏の意のままです。皇后は第一皇子を次の帝とするために、緑氏と組んでおりますし、皇帝はまた……特別の寵愛を」

そこで間諜は言葉を濁す。

「緑氏は宦官《かんがん》なのか？」

帝の寵愛を受けるからには、そういう体なのかと訊いたつもりだったが、間諜の答えはもっと驚くべきものだった。

「はい、宦官として最初は宮中に入りましたが……あれが緑氏の子か孫でなく本人なら、齢は七十を越えているかと思います。なれど、未だにその姿は、青年のように見えます」

「魔術で誑《たぶら》かしているというのか？」

「禦空国では、緑氏の出自を疑うものはありませんが、我が国には独自の調査履歴がございます。ここ二代の竜王の暗殺を目論んできたのが、緑氏と思われる男だからです」

では緑氏の暗殺計画は、一度も成功しなかったのだ。だから陽純公《ようじゅんこう》とその次の竜王、舜山公《しゅんざんこう》は存命している。

「竜王には、後ほど、緑氏の調査結果を提出いたします。侮れないのは、魔力というものは、若い頃より年齢を重ねた者のほうが、強くなるものらしいということですが、実態がまだよく分かりません。引き続き、調査いたします」

「うむ。しかし禦空国の帝や貴族は、そんな簡単に騙されるのか。実に愚かだな」

失笑が方々から起こる。この国では、男が男と交わることには否定的でない。けれど齢七十の老人が相手となったら別だ。たとえ魔力で美しく見えたとしても、本当の肉体が老人のものだったら、笑うしかない。

「他には、どれだけの魔力を持っているのだろう？」

その問いかけには、誰も答えられない。何しろ最後の戦から三百年、魔力を持って戦う者など現れなかったのだから。

「魔力に対抗できるのは、精霊の力だけです。竜王、緑氏が本物の魔力を持っているなら、教えのとおりただちに竜妃を迎えねばなりません」

先々代の竜王であった陽純公の言葉に、竜王は目を大きく見開く。

「この私と同じような歳で、青年に見えるなど、やはり常軌を逸しております」

王であった頃は、輝くばかりに美しかったという陽純公だが、今輝いているのは見事な白髪ばかりで、顔には無数の皺が寄っている。自然に老いるというのは、こういう姿になることなのだ。

「すでに冥界からの呼び出しも始まっておりましょう。なのに玉座に近づこうなどと野心を抱くのは、どういう目論見からでしょうな。ただこの世を、破壊しつくすだけの所存だと思われますが、竜王のお考えは？」

陽純公の言葉に、皆は深く頷いた。竜王も同じように頷く。

「何か恨みがあって、この世界に復讐《ふくしゅう》を誓ったのかもしれない。緑氏にどんな理由があろうと、命を守るのが我らの役目だ。禦空国の人間も、竜王国の人間も、他の諸国の人命も同じように、守られねばならない」

竜王には敵国という概念はない。裁くべき悪人がいるだけだ。

緑氏を排除すれば、帝もまともになるだろうか。それともすでに緑氏同様、支配欲に取り憑《つ》かれているのか、この段階では知るよしもなかった。

「緑氏が宰相になれば、あるいは皇帝の命も危ういかもしれない。内偵を続けてくれ」

「はっ……」

会議は続いたが、もはや内容は軍の作戦会議のようになっていた。戦いには慣れているとはいえ、やはり禦空国は大国だ。何倍もの軍事力のある国と戦うのは、それなりの覚悟が必要になる。けれどこの段階では、竜王はそれほど困難な戦いにはならないと思っていた。

何しろ長年戦をしていない禦空国だ。優秀な軍師もいなければ、手練《てだ》れの兵もいないだろう。平和に慣れた軍の訓練はどこかおざなりで、強さは育たない。

それに比べて竜王国の軍隊は、近隣の揉《も》め事に常に出兵して実戦を経験している。さらに竜王国の兵の訓練は厳しく、休むことなく連日行われていた。

「陽純公、竜妃について詳しくご教授願います」

最後になってやっと竜王は、自分がもっとも知りたいことを訊《たず》ねることが許された。

そこで陽純公は人払いを申し出て、竜王と二人きりになってから話し始めた。

「竜王、心に想う人はおられますか？」

「いえ……王になりたいとの志を持ったときから、そのような気持ちは一切抱かぬようにしております」

「よい心がけです。いざ禦空国との戦となったら、竜王は竜妃を迎えねばならない。一度妻帯した者は、その資格がないため。戦となったら退位をし、新王にすべて委ねねばならないのが決まりですから」

「それが精霊との誓約事項ですか？」

陽純公は頷き、古びた文書を竜王に見せた。

「この誓約は、代々の竜王にだけ告げられます。精霊はもはやこの地に姿を留めてはおりませぬが、人の形をした申し子を贈ってくれます。雌雄、どちらの形になるのかは決まりがないようで、どちらにしても竜妃との間に子は成せません」

そんな決まりがあるからなのか、竜王国で王位は世襲制ではない。竜王は幼少の頃からいずれは王になりたいと思い、厳しい鍛錬と勉学の日々を過ごしてきた。その努力の結果が実って、新王として選ばれたのだ
「竜妃には、どれほどの力があるのです？」

「竜妃がいれば、望まぬ死は訪れません。たとえどんなに痛めつけられても、何度となく生き返ることが可能なのです」

「では、竜妃は不老不死なのでしょうか？」

「いいえ、竜妃自身は、寿命も身体能力も、人とたいして変わらぬとあります。けれど竜妃が思う者の命は、際限なく救えるようです」

では、竜妃を奪われ、殺されてしまったら、それですべては終わりだ。そう考えていたら、自然と険しい表情になっていたのだろう、陽純公にそっと腕を叩かれた。

「救いを約束された以上、その見返りとして我々は竜妃を護らねばなりません」

そうだ、護り抜けばいい。竜王は深く頷き、一瞬で迷いを遠ざけた。竜王を助けるために生まれてくる竜妃を護る。当然のことだろう。

「何年大きな戦がなくても、実はどこかで竜妃は生まれ続けているのです。そして、代々の竜王に巡り会うこともなく、密かに儚《はかな》くなっているのでしょう。私は、ついに一度も竜妃と出会うことはありませんでした。もっともそれは平和だった証《あかし》でもありますが」

「竜王に巡り会わなければ、竜妃の力も発揮されないのですか？」

「そうです。竜妃として生まれても、平凡に生き、ひっそりと死ぬのです」

竜王はそこで、自分のために生まれてきた竜妃に想いを馳《は》せる。

その女は美しいだろうか。心根は優しいだろうか。想い人も作らずに待っていた相手だ。できることなら、心から愛せるような相手であって欲しかった。

「だが、どうやって見つけるんです？　竜王国だけだって、二百万の民がいますよ。私と年の近い若者など、どれだけいるかも分からないのに」

「ご心配なく。年度ごとに竜妃が生まれる方位を、正確に印したものが残されております。竜妃は二十五年に一人、生まれることになっているそうですから、天文部の学者に、早速土地名を割り出させましょう」

当然、もう生まれていて、竜王に寄り添えるような年頃になっている筈だ。いつもは冷徹な竜王も、竜妃のことを想うときは、普通の若者のように胸を躍らせていた。

「生まれた地に行けば、出会えるものでしょうか？」

「さぁ……どうなのでしょう。ただ竜妃は、万物の命を守る力があるとありますから、獣に好かれ、草木が育つのを助けるような者を探せばよろしいかと」

「それだけですか？　やはり難しいですね」

生き物に優しいというだけで、竜妃の存在がより尊く思える。口元を緩ませて、竜妃のことを思っていると、陽純公はさらに思わぬことを言ってきた。

「竜妃に出会ったら、ただちに交合なさい。自然と兆して、労苦もなく交われると思いますが、そのときに竜妃の体や目が青く光ったら、まさにそれが竜妃の証です」

「青く光る？」

「はい、とても不思議な青い光を放つそうです。その光がまた、竜王の力を増す元となりますので、心より竜妃を慈しみなさいますように」

「竜妃も、私を愛するでしょうか？」

その問いかけに陽純公は困ったように微笑む。竜王は自分の子供じみた問いかけを恥じた。

「私は、巡り会うことが叶《かな》わなかったので、何とも申し上げられません。けれど竜妃が我々と同じく人の心を持っているなら、努力次第では最良の関係になれるのではないかと」

ここ何代も竜妃を迎えた竜王はいない。先例から学ぶことはできなかった。竜王自身が、新たな伝説を書き上げねばならなかったのだ。

どこかにいる運命の相手と、どんなふうに巡り会うのだろう。会った途端に、激しい恋情が生まれるものだろうか。

純真な若者らしく、竜王は出会いを夢見る。それは素晴らしいものになる筈だった。

真っ黒な駿馬の背に、リュウと共に乗りながら、シンはここまでの話を聞かされた。俄《にわか》に信じがたい内容だったが、夢の中で出会う青い姿の美しい人が竜妃だと言われれば、そんな気がしてくる。

けれど自分が竜妃だったとは、とても信じられない。

「竜妃が生まれた場所を読み解き、迎えに旅立つ直前だった。地名を割り出した天文部の学者が、惨《むご》い姿で殺されていた。緑氏の間諜が、地名を聞き出すためにいたぶったのだろう」

「なんて酷いことを……」

リュウの言葉に、シンは心を痛める。自分のために、いったいどれだけの人が犠牲になったのか、知れば知るほど恐ろしくなってきた。

「我々も新郷の村に向かったが、禦空国軍のほうが到着したのが早かったようだ。しかも遅れた原因は私にある。愚かだった私は、野営をしていたとき闇の中に光るものを見つけて、ついふらふらと一人で追ってしまったんだ」

竜妃が青く光ると聞いていたから、リュウもつられて追ってしまったのだろう。それを責めることはできない。

「その前後の記憶がない。気が付いたら、あの小屋にいて、横にシンが寝ていた。シンに出会う前に河原で光ったものを追っていたから、てっきりあれがシンだと思ってしまったようだ。それで無礼な態度をとった。すまないと思っている」

「謝るようなことじゃないよ。それより竜王国の野営地はどこにあったの？　河原にいたときは、側に誰もいなかったよ？」

「かなり離れた場所に野営地はあった。どうやら、瞬時に空中高く飛ばされたらしい。そんなことができるのは、隣国の魔導師、緑氏だけだろう。恐ろしい魔力だ。私が並みの人間だったら、あのときすでに死んでいる」

　では、なぜシンが見つけられるような場所に落ちてきたのだろう。それは二人を巡り会わせようとしてくれた、精霊の力なのだろうか。

「きっと精霊が助けてくれたんだよ」

「そうだな。見つけてくれたのがシンでなかったら、やはり死んでいただろう。裸で倒れていたということは、着ていたものが瞬時に燃え尽き、河原に叩きつけられたのだ。何かが護ってくれなければ助からなかった」

　それを聞いて、シンはぞっとした。そんな恐ろしい力を持った緑氏とかいう魔導師と、リュウはこれから戦わねばならないのだ。

「私がやられていなければ、新郷の村を焼き討ちなどさせなかったのに……残念だ」

「探していたのは、おれだったんだね。だったらおれが捕まっていれば、皆は助かったのに」

「いや、そうじゃない。シンが殺されてしまったら、もう誰も緑氏を止める力を持てなくなる。緑氏は自分の野望を果たすために、さらに大勢の人間を殺すだろう。私も当然殺される筈だ」

それを聞いてシンは反省した。自分だけが犠牲になれば、皆が救われるということはないのだ。では自分にできることはなんだろう。それを見つけ出さねばならない。

本当はもっと知りたいことがある。精霊の申し子と言われたが、いきなり空中から生み出されたのだろうか。それともちゃんとした親がいるのか、それを知りたい。

だが今は、シン個人のことを口にするのは憚《はばか》られるような雰囲気だった。

「そろそろ竜王国軍の駐屯地に着く。我が軍は、近隣諸国にこのような駐屯地を置き、常に騒乱に備えている」

リュウは誇らしげに語る。そんな王らしい声を聞いていると、シンは本当に自分がリュウの傍らにいていいものかとつい考えてしまう。

「禦空国軍の急襲を受けても、駐屯地ならば安心だ。手練れの兵たちが、常に見張っている」

「そうだね……おれもまだ狙われてるんだよね」

緑氏が本当に欲しいもの、それはシンの命なのだ。もしかしたら今頃になって、今回の竜妃が男の形をしていることに気が付いて、新たな追っ手を向かわせているかもしれない。

「私と竜妃が出会ったことを、緑氏はまだ知らない。知ったなら、ただちにシンの命を狙ってくるだろう。まずは竜王国に戻り、万全の態勢を整える。戦いはそれからだ」

「んっ……あれは何？」

リュウの言葉に頷きながら、シンは目の前に現れた巨大な砦《とりで》に驚きの声を発していた。するとリュウは笑い出す。

「この程度の砦で驚いているのか？　竜王国の都はこんなものではない。さらに禦空国の都となったら、もっと広大だ」

これからシンが住《す》むのは、そういった広大な世界なのだ。もう牧草地と森だけが、生活の場ということはない。けれどそう簡単に、頭を切り換えるのは難しかった。

「だが、シン、どんなに広大な都でも、柵のある牧草地と同じだ。人はその中にいるときだけ、安心して暮らしていけるが、外にでれば狼も盗賊もいる。我々の役目は、その柵の中にいる人々を、羊のように護り続けることだ」

都というのは、巨大な柵の中にあるのか。そう考えると、萎縮しそうな気持ちが少し上向いた。けれど今度は、リュウを出迎える兵たちの雄叫びに、またもやシンは萎縮してしまう。

「竜王、よくぞご無事で」

「行方知れずと聞いて、案じておりました」

そう言って駆け寄ってきた兵たちの髪はみな長く、一部を綺麗に編み込み宝玉で飾っていた。彼らは一様に立派な体軀《たいく》をしていて、整った美しい顔立ちをしている。

リュウの警護をする近衛兵だけが、特別美しい若者で構成されているわけではなかった。この国の人間は、皆、一様に美しい。シンが知っている村人や商人と比べると、まるで天から来た人のように思えた。

「これが竜王国の人々……」

リュウの馬に同乗しているシンのことを、皆はちらちらと注視している。けれど竜王に対しての問いかけは非礼なのか、誰も直接訊ねてはこない。するとリュウの背後に常に控えている、頌《しょう》副官と呼ばれる男がいきなり宣言した。

「竜王は竜妃を迎えられた。もう、何も恐れることはない」

するとこれまで以上の雄叫びが沸き上がり、シンは驚きのあまり、馬の群れに放り込まれた羊のように震え上がってしまった。

「シン、恐れるな。彼らは皆、おまえの愛《いと》しい羊たちだと思えばいい」

「羊？　それは、無理だよ」

「メェメェとうるさいだろ。だから羊だ」

「そ、そうか」

リュウはシンのことをよく分かってくれている。羊と思えば、何も緊張することはない。途端にシンから緊張感が消え、自然な笑顔になっていた。

兵たちも笑顔で、リュウとシンが乗った馬を取り囲む。

「どうだ、シン。これがおまえの新しい家族だ。羊よりうるさいが、犬よりは賢い」

「こんなに大勢いたら、食事の世話が大変だね。馬にも十分食べさせないといけないし」

シンの素朴な感想に、リュウは大笑いした。そして営舎の前で馬を止めると、先に下りてシンが下りるのを手伝ってくれる。その顔にはもう険しい怒りの表情はない。優しいリュウが戻ってきたようで、シンはそれだけで嬉しかった。

営舎に入る二人の姿を、皆が注視している。こんなに人に見られたのは初めてだったから、しまいには笑顔を続けるのも辛くなってしまった。けれどリュウはシンの姿を皆により見せるように、わざとゆっくりした足取りで入っていく。

営舎の中に入りほっとしたのも束の間、すぐに目の前に二人の若者が忍び足で現れ、貴人に対する礼を恭しくしてくる。

「竜王様、竜妃様……ご無事での到着、心よりお喜び申し上げます」

二人で同時に話しているのに、まるで一人で話しているかのようだ。鎧姿で戦支度をしている兵と違い、二人はつるつるとした絹地の衣を着ていて、とてもいい匂いをさせている。髪の結い方も違うから、女なのだとシンは思った。

「竜妃様、これよりお世話をさせていただきます、梅里《ばいり》と桜里《おうり》でございます。いたらぬところもございましょうが、どうか末永く、お側に置いていただけますように」

「……よ、よろしくお願いします」

ぎくしゃくと挨拶したが、シンはかなり狼狽《うろた》えていた。

若い女と話したのは、どれぐらい前のことだろう。何を話したのかも覚えていない。どうせまた笑われるだけだ。

しかしこんな兵ばかりの駐屯地に、女もいるのだろうか。竜王国の男たちは野蛮ではないから、若い女がいてもおかしなことはしないのかもしれないが、危なくはないのかとつい心配してしまう。

「湯浴みの支度をしてくれ。埃《ほこり》だらけだ」

リュウは慣れた様子で命じた。

「御意……鎧を外されますのに従者をお呼びしますか?」

「いや、竜妃がいる。これからは、私の身の回りのことは竜妃がするから、気遣い無用だ」

「そのように……」

そのまま二人は、また音もさせずに部屋を出て行く。

「いいの? 女の人がこんなところにいるなんて。おれ、若い女の人と話したことがない。どうやって喋ったらいいいんだろう」

つい心配が口に出てしまった。するとリュウはシンを呼び寄せ、鎧の外し方を教えるついでに、尖《とが》った口調で言ってきた。

「女がいるとなると、心が騒ぐか?」

怒らせてしまったのだろうか。シンは堅く縛った紐《ひも》を苦労して外しながら、激しく首を振る。

「リュウはいつもああいう人たちに世話して貰っているから、何も感じないだろうけど、おれは駄目だ。女の人なんて、特に駄目だよ。自分のことは、何でも自分でやるから、世話はいらないって言ってくれない？」

「安心しろ。体に触れられても、どうということはない。あれは宦官だ」

「カンガン？　よその国の人？」

「知らないのか？　宦官は、去勢された男のことだ。子供時代に男の機能を失ったものの、あの二人のように容姿がよくて、気の利く者は宦官を志願する。選ばれた者は、貴人の使用人として重用されるようになるんだ」

知らないことばかりだと自覚しているが、これからもどれだけシンを驚かせるようなことが出てくるのだろう。

「知らなかった。あれで男なんだ？　村にいた女の人より、ずっと綺麗だよ」

そこでぼうっとなってはいけない。またリュウがいらぬ嫉妬をしてしまう。そんな心配もしたが、リュウは気にしていないのか、普通の口調に戻っていた。

「宦官なら、男でも女でも問題なく世話ができる。そう思って、先々代の竜王だった陽純公が寄越してくれたんだ」

「竜妃が男でもいいようにってこと？」

「そうだ。竜妃は、雌雄どちらの形をしているかは分からないとあった。今になって思えば、その姿だったから生きられたんだな。精霊に感謝しなければ」

どうして男の形で生まれてきたのだろう。もしかしたらいつも夢に出てくる、あの美しい人が母なのだろうか。あの人が母なら、自分ももっと美しくなれた筈だと思って、シンは項垂《うなだ》れる。

あまりにも平凡な容姿だ。美しい人間に囲まれているリュウにしてみれば、本来なら目に留めることもなかっただろう。

「おれは……あんなに綺麗じゃないからな。竜王に相応しくないと思うんだけど」

「まだそんな寝言を言ってるのか？」

リュウは心底呆れたといった様子で言ってくる。

「何が気に入らない？　私のこの傲慢な態度が許せないというのか？　これでも精一杯、優しくしているつもりだ。それでもまだ、魯鈍な私のほうが好きだということか」

「そうじゃないよ。おれがみっともないと、リュウ……竜王様が恥ずかしいんじゃないかって」

「どこがみっともないんだ。青い瞳はとても綺麗だ。そんな美しい瞳は、誰も持っていない」

「えっ？　青い瞳？」

そんな筈はない。シンは黒い瞳だったのだ。鏡など持っていないから、そんな変化があっても気付かない。瞳が青くなったから、突然周囲が青く見えたりするようになったのだろうか。そんなことを考えていたら、リュウの手が頰に触れた。

「それより具足を外してくれ。これからはすべて私の世話は竜妃の役目だ。いずれは竜妃も鎧を着けて戦場に出向く。それなりに覚悟がいるぞ」

「おれも、こんな鎧を着けるの？」

「私を助けるのが、竜妃の役目だ。そして竜妃を護るのが、私の役目だ。国に戻ったらすぐに誂《あつら》えるから楽しみにしておけ」

リュウが怪我をしたら、ただちに助けられるところにいなければいけない。そのために戦場に出向くのは覚悟しているが、こんな鎧まで着けるのかと思うと不安になった。

外したものを一つ一つ手に取ると、かなりの重さがある。それをすべて身に纏って、リュウのように軽快に動くとなったら至難の技だ。

「精霊の申し子といっても、シンは不死身じゃない。矢傷で死ぬこともある。武術の心得が全くないんだから、嫌でも鎧は必要だ」

「大丈夫だよ。痩せて見えるけど、力はあるんだから。そうだ、おれも武術を習おうかな。今からでも遅くない？　少しは、剣とか使えるようになる？」

命じられたわけでもないのに、シンは自分の手拭いを取りだして、せっせとリュウの鎧を磨き始めた。それを見てリュウは、そんなことまでしなくていいとは言わない。シンの好きなようにさせてくれていた。

ところが戻ってきた梅里と桜里は、そんなシンの姿を見て悲鳴を上げた。

「竜妃様、そのようなことは、従者か兵にやらせるものです」

「お手が汚れますから」

二人が止めようとするのを、リュウは遮った。

「このままでよい。竜妃には、何かすることが必要だ。一時としてじっとはしていられない男なんだ。鎧を磨けないとなったら、部屋の掃除をするか、兵たちの食事を作る手伝いにいってしまう」

そのとおりだ。馬に乗っている間も、リュウの話を聞く以外にすることがなくて、ずっと体がうずうずしていた。シンにとっては、動いていることが生きていることなのだ。

「貴人のように扱う必要はない。かといって、見下したり、粗略に扱うことは許さぬ」

怒ったようにリュウが言うと、二人の宦官は震え上がり、跪《ひざまず》くと床に頭を擦《こす》りつけるようにして謝った。

「も、申し訳ありません」

その様子を見ていたシンの胸は痛みだす。

「何も悪いことをしていないのに、謝ることはないよ。おれは、昨日までただの羊番だったんだ。だから、竜王国の仕来りなんて何も知らない。むしろ非礼なことをしているのは、おれのほうだ」

二人の側に近づくと、シンはそれぞれの腕を引いて立たせた。

「これからはいろいろと教えて欲しい。いや、教えてくださいって言うんだよね。ごめんなさい、おれ、まともな口の利き方も知らないや」

「竜妃様……」

「おれは、自分のことは自分でやってきたから、人にやってもらうのは苦手だ。だけど、人にいろいろしてあげるのは好きだよ。竜王様の世話は、一生懸命やるから大丈夫。もし下手なことしたら、こうやって怒り出すから、すぐに分かる」

シンの言葉に、二人は顔を見合わせてくすくすと笑い出す。きっと内心では、こんな竜妃なんているものかとでも思っているのだろうか。

「竜王様は、馬に乗ってる間、いろいろな話をしてくれていたんだ。だから、疲れていて、その、喉も渇いていると思うよ。湯浴みの支度ができる前に、お茶を出してあげて」

「はい、竜妃様」

「それと湯浴みが終わったら、すぐに何か食べられるようにして。怒りっぽいのは、きっと腹が減ってるからだよ。お酒とかも、飲めるようにしてあげると喜ぶよね」

「はい……竜妃様」

二人は必死で、笑うのを耐えている。シンは照れ笑いしながら、さらに続けた。

「そんなこと、とうに分かってるよね。だけどおれはずっと独り暮らしだったから、人がどうしたら気持ちよく過ごせるか、よく分かっていないんだ。自分がして欲しいことが、必ずしも相手のして欲しいこととは限らないだろう？　今の提案であってる？」

シンの言葉で、二人の笑いは止まった。そして真剣にシンを見つめている。

「お互いの気持ちを伝えるために言葉があるんだけど、それも使わないと上達しない。おれは、話すのもまだ未熟だから、ぜひ、都風の綺麗な話し方を教えて欲しい。そして都風のもてなし方も教えて欲しい」

「はい、竜妃様」

「とりあえず、お茶の用意だね」

シンが笑うと、二人はまた花が開いたかのように美しく笑った。

二人が再び出て行くと、リュウは感心したように言ってくる。

「あの者らは、もうシンの虜《とりこ》だ。それが竜妃の才能なんだろうか」

「そんなことないよ」

「何か特別なことをしたわけでもないのに、誰もが惹かれていく。人心の掌握は、偉大な王たちですら苦労した。それを苦もなくやってのける」

そんなことを言われても、シンには自分が何をしているのか自覚なんてない。ただいつも獣たちに話し掛けるように、思うままを口にしているだけだ。

そこで突然、リュウは何を思ったのか押し黙ってしまった。怒っているのではなく、真剣に何かを考えているようだ。

その傍らで、シンは黙って鎧を磨き続ける。鏡面のようになった胴の部分に顔を近づけると、久しぶりにシンは自分の姿を見ることができた。

水面に映すよりはっきりしている。けれど見間違っているように思えた。

なぜならシンの髪はうっすらと青くなっていて、しかも瞳も青くなっていたからだ。

湯浴みを終えると、絹のつるつるした衣に着替えさせられた。食事をする間まではどうにか耐えられたが、それを着たまま寝ることはシンには不可能だった。

「無理だよ。こんなの着ていたら眠れない」

「何を悩んでいるんだ。気に入らないなら、脱げばいい。いつだって裸で寝てるだろ」

「そうだけど……」

寝台に置かれた敷き布も絹で、中に羽毛を詰めてあるものだった。そんな寝台で寝たら、夜中につるりと滑り落ちそうだ。

「気に入らないか？　だがこれで我慢してくれ。ここにはシンの好きな羊毛なんてない」

「こんな贅沢《ぜいたく》なものに慣れてないんだ」

「だったら慣れろ。そんなことでいつまでも寝床に入らないつもりか？　やっとまともになって、二人の新床を楽しめるというのに」

リュウはすぐに着ているものを脱ぎ捨て、裸で横になっている。けれどシンはやはり恥ずかしくて、顔を真っ赤にして俯《うつむ》くばかりだった。

「どうしたんだ？　今夜は、できるだけ乱暴なことはしたくない。体はさっきからずっとシンを求めているが、穏やかにしていただろ？」

横たわるリュウのその部分は、もうしっかり興奮して上を向いていた。それをシンは直視できず、ちらっと見てはさらに顔を赤らめている。

「最初の夜のことが、どうしてもはっきり思い出せない」

「まだ治ってないんだよ。無理しないで」

リュウのことが心配になると、すぐに羞恥心は消えてしまった。リュウに近寄り、傷口に触れてみる。けれどもうどこにも傷跡はなくて、シンは簡単に抱き寄せられてしまった。

「光るものを追っていた。だがあれはシンじゃなかった」

「うん。でも不思議だよね。ちゃんとおれが通るところに落ちていたんだから」

行きに気が付かなかったのは、村のことが心配で夢中になって走っていたからだ。帰りには一人でも生き残った人がいないかと、周囲に注意して進んでいたから目についた。

「空を飛んで来たんだね」

野営地の場所からは、かなり離れたところにいたのだ。飛んで来たと考えるしかない。

「そうだな。空から落ちるときに、凄い衝撃を受けたんだろう。だから思い出せないんだ。それだけのことがあったのに、なぜか目覚めてすぐにシンを見た瞬間、兆してしまった」

シンにもリュウが目覚めた瞬間のことは分からない。気が付いたら裸にされていて、訳の分からないことを言われていたからだ。

「ここ三百年、竜妃《めと》を娶った竜王はいない。だから正しい流儀を誰も知らなくて、シンに対して非礼なことをしたのではないだろうか？」

「そんなことないよ。おれもリュウを初めて見たときから、なぜかほっとけなくて、気になって、そして……好きになってた」

シンに言われて嬉しかったのか、リュウはすぐに唇を重ねてくる。こうなるともう言葉は失われ、リュウの手は執拗にシンの体をまさぐり始める。

「んっ……」

そこで初めてシンは、自分の体の変化に気が付いた。腕から青い煙のようなものが、うっすらと立ち上っている。それは少しずつ全身に広がっていった。

「おかしいんだ。体が青くなってる」

「これがシンの兆している印なのかもしれない」

「えっ？」

「普通の男のように、興奮することがないからな。それとも……私の努力が足りなかったのか？」

リュウはそこで体をずらしていき、しまいにはシンのその部分まで顔を近づけていった。

何をされようとしているのか分からず、シンはただじっとしていたが、リュウの唇が自身のものを呑み込んだ瞬間、思わず悲鳴を上げていた。

「な、何するんだっ！」

「騒ぐな。噛《か》みつこうとしてるんじゃない。気持ちよくしてやるから」

「そ、そんなことしなくていいよ」

「するかしないか決めるのは私だ」

興奮しているときのリュウは怒りっぽい。少しでも早く、自分の体を楽にしたいからだろうか。ついそんなふうに考えてしまったシンは、そこでまた余計なことを口走る。

「おれはいいんだ。何もしてくれなくていいよ。それよりリュウが好きなようにすればいい」

「だから好きなようにしている。シンも同じように喜ぶべきだ。一方的に私だけ喜ぶのでは、公平じゃない」

そんなことされたからといって、喜べるとは限らないじゃないかとまでは、さすがに言えなくなってしまった。

リュウはいつこんなことをされたのだろう。過去にされて気持ちよかったから、シンにもしてあげようと思ったのだろうか。だったらシンがまずそのやり方を学んで、リュウにしてあげるべきなのではと、気になってしまう。

「おれは、何も知らないから、リュウを喜ばせることができないね」

「そんなことはない。こうして触れているだけで、苦しいくらいだ」

そう言うと、さらにリュウはシンのものを優しく吸い始める。

「あっ……そ、そんなことまで……しなくていいから」

青い煙が揺れている。するとそれに合わせるかのように、シンの体はふわふわと浮いているような不思議な感じになっていった。

深い川で泳いでいるかのようだ。シンはまだ一度も見たことがないけれど、もしかしたら海というものに入ったら、こんなふうなのかもしれない。

「ああ……気持ちが……いい」

青い煙はリュウの体にも流れていく。そして自然な感じで、リュウの体の中に溶けていった。

「リュウ、いい気持ちになってきたよ。浮いてるみたいだ」

「本当に少し浮き上がってる」

「えっ？」

驚いた途端に、シンの体はふわふわの敷物の上にふわっと落ちていた。

「気持ちよくなると、浮き上がるのか？　だったら、しっかり押さえつけておかないとな」

リュウの体が上からのしかかってきた。そのままリュウは、再びシンのものを吸い続ける。

「あっ！　だ、駄目だ。駄目だよ、そんなことしたら、また浮いちゃう」

気持ちがよくなると、魂に合わせて体も浮くものらしい。そんなこと人間には起こらない。やはり自分は特別なんだとシンは気が付く。

だが他の人間と同じく、快感を味わえることを知って嬉しかった。リュウに愛された体からは青い煙が立ち上り続け、それはそのままシンの快感の度合いを示していた。

「んっ、いいよ、リュウ。おれにも、分かったよ。これが……どんなに素敵なことか」

浮き上がらないためにも、リュウの腕をしっかり握った。そうしているうちに、青い煙が一気に噴き上がったように感じた。

青い水の中に浮かんでいるようだ。全身はゆったりと水の中に溶けていってしまったようで、極上の寛ぎをシンは味わう。

「リュウ、一緒に……泳ごう」

しっかりとリュウの腕を握っていたが、これを離したら本当に水の中を流れていってしまいそうだった。

「やはり特別だ。出すものまで甘い」

リュウは巧みに浮き上がりそうになるシンの体を押さえつけ、屹立したものをねじ込んできた。

「人のものは、普通は苦いというのに、シン、おまえの出す蜜は、まさに花の蜜のように甘い」

「……そう？」

だがそんなことは、シンにとってはどうでもいい。押し寄せる快感の波に揺られて、もう何も考えられなくなってきている。

以前は痛いだけだったのに、今はまるで違っていた。リュウの熱、力、恋情、そんなものがすべて入ってくるように感じられて、たまらなくよくなっていた。

何が違ったのだろう。

竜王となっても、シンがリュウを好きでいられたからだ。

そしてリュウを、自分の運命の相手として、素直に受け入れられたからだろう。

「んん……ああ、たまらない。いったいこの体は、何でできているんだ？」

リュウは低く呻きながら、激しい動きに酔っていく。

「私のためだけにあるからなのか？」

「そうだよ。リュウのために……ある体なんだ」

「今はそうだが、竜王になれなかったら、これは手に入らなかったんだ。運命に感謝する」

そして戦にならなければ、二人が結ばれることはなかったのだ。不謹慎ではあるけれど、シンは戦を唆した緑氏に感謝したい気持ちになっている。不穏な時代にならなければ、リュウに巡り会うこともなく、誰とも暮らせずに羊番で一生を終える筈だったのだから。

「いい、凄く、いい。こんなに感じられるなんて……」

手足をしっかりとリュウの体に絡めた。そうしなければ浮き上がっていくだけでなく、ぐにゃりと体が溶け出してしまうような気がしたのだ。

「あ……ああ、リュウ。これなんだね。これが、したかったんだね」

「そうだ。こんなふうに、結ばれたかったんだ」

「んっ、やっと、リュウに、少し追いついたよ」

こうして抱き合っていると、シンはこれまで知らなかった幸せな気持ちになれる。これがずっと続くのだと思うと、さらに幸福感は増していった。

すると体からまた青い煙のようなものが立ち上り、リュウを求めて体は疼《うず》き出す。

「何もかも呑まれそうだ。なのに終わる気がしない。一晩中、こうしているんだろうか」

リュウは一度果てたのだろうか。そうはとても思えない。シンの体の中に入ってきているものは、未だに硬度を失っていなかった。

「疲れた？」

優しく唇を重ねながら、シンは呟く。

「疲れ？　いや、それよりこうしていればいるほど、力が漲《みなぎ》っていく感じだ。今なら、どんな邪悪なものにも、負ける気がしない」

「よかった……」

そこでシンはくるりと体位を入れ替え、浮きそうになる体を自らリュウに押しつけていた。

「変な感じ。陸にいるのに、海の中の魚みたいなんだ。楽しくて、気持ちよくて……」

腰を上下させると、リュウがまた低く呻き始める。どうやら人というのは、気持ちいいことをしていても、苦しがっているような顔をするものらしい。

「離さないで」

「んんっ、離すものか」

リュウの手が、しっかりとシンの足を掴んでいる。これなら浮き上がる心配もないから、思い切りシンは体を動かして、リュウに喜びを伝えることができた。

「んんっ、楽しいね。こんな楽しいことがあるなんて、知らなかった」

けれどこの喜びは、リュウとでなければ味わえない。それとも運命が狂い、別の男が竜王となってその男と結ばれても味わえるものなのだろうか。

「私は、どうしても竜王になりたくて、皆の何倍も努力したんだ。そして想い人も作らず、竜妃と出会えるのを待っていた。私しかいない。運命の相手は、私だけだ」

シンが思いついたことは、不思議とリュウにそのまま伝わった。

「そうだね。他にはいない……リュウだけだ」

顔を近づけていって、また唇を重ねる。するとどんな言葉よりも正確に、熱い想いが伝わっていくのが感じられた。

きっと精霊は、幼いリュウの耳元で囁《ささや》いたのだ。あなたにもっとも相応しい竜妃を与えるから、王になりなさいと。

けれど竜妃としてシンが本当に目覚めたのは、この夜の結びつきがあってからだった。

禦空国の都に聳《そび》える鳳凰城《ほうおうじょう》は、あらゆる部分の装飾に鳳凰を用いた、築城から四百年の歴史を持つ荘厳な城だ。戦の爪痕がわざと残されている城壁と、新たに作られた煌びやかな寝殿との不調和が、訪れた者を不安にさせる。それはこの国の現状を、何よりも明確に象徴しているからだった。

皇帝は世襲制だ。生まれた順に男子のみが継承権を得る。正妃という、后の順位を決定づけるものはない。嫡出子を生んだ者だけが、后と名乗れるのだ。

この国の王族や貴族の男たちは、概ねのんびりとしている。戦をしないと決めてから三百年、ふぬけたままで、ただ享楽を貪っているからだ。それに比べて女たちは、少しでもいい条件の男を選んで子を成さねばならないから、常に熾烈《しれつ》な戦いを繰り返していた。

そんな国で、再び戦を起こそうというのは難しい。男が男であることを忘れている国では、誰もわざわざ戦場に出向いて傷つきたいなどと思わない。特に国の要である皇帝が、欲望というものを忘れてしまっていた。

そこで禦空国宰相となった頭場《とうよう》緑氏は、女たちをまず繰ることにしたのだ。

権勢欲に取り憑かれた后たちは、緑氏の言いなりだ。我が子を次の皇帝にするためなら、どんなことでもするだろう。

「宰相様、風輝妃《ふうきひ》がお見舞いのご面会を所望されておられます」

侍従が部屋の入り口で、畏《かしこ》まって告げてきた。

緑氏は広い居室の奥深く、昼だというのにすべての戸を閉ざし、さらに頭から厚い外套を被ってじっとしている。その姿は異様だったが、侍従一人だけにしか見せていなかった。

「顔の出来物を見られたくない。御簾《みす》越しで短時間と伝えろ」

「畏まりました」

侍従が去ると、緑氏は小さな手鏡に映る顔を確認する。

まだ力が戻っていない。そこにいるのは、何とも醜怪な老人だ。皇帝をも虜にした、華の美貌の影すらなかった。

「竜王には、思ったより手こずった……」

あの夜のことを思い出し、緑氏は唇をぎりぎりと噛みしめる。

竜王の暗殺はこれまで何度も試みたが、この国の貴族や役人をやるほど簡単ではなかった。竜の血を引くと言われているだけあって、特別強靭《きょうじん》な肉体を持っている。そのうえ、常に戦いの中に身を置いているから、簡単につけいるような隙がない。

これで竜妃を見つけ出し、不死の肉体を手に入れてしまったら、いくら緑氏の魔力をもっても、勝てる相手ではなくなってしまう。

だから緑氏は、自ら竜王を討ちに出向いたのだ。

「そろそろ首が届いてもいい頃だが……狼にでも食われたか？」

竜王の体は、空中でバラバラに四散した筈だ。遺体の回収を兵に命じたが、未だに首どころか、手足も届いてはいなかった。

「あれだけの力を使った後では……回復に刻がいる」

目を閉じると、あの夜のことが思い出される。野営中の竜王は、手を洗いに川に入ってきていた。近くの木陰に身を潜ませていたら、竜王が目ざとくすぐに見つけてきたのだ。

『私には、そなたの体が光っているように見えるが』

不思議そうに言って近づいてくる男は、凛とした雰囲気の貴公子だった。

緑氏は四人の歴代竜王を知っている。その中でも、武力なら一番の強さだと言われているのが、この現竜王だった。

鎧も兜も外し、腰には剣すら提げていない。そんな姿で平気で見知らぬ者に近づいてくるのは、余程腕に自信があるからだろう。

『まさか、そなたが竜妃なのか？』

一瞬で、子供のような笑顔になった。

新たな評価がこれで加わった。歴代竜王の中で、この男は一番無邪気で愚かだ。むしろここでこの男が王位を失うことで、竜王国にとってはいい結果になるかもしれない。

竜王がさらに近づいてきた。緑氏は深く被った外套から僅かに顔を出して、そっと竜王を観察していた。すると竜王の足が止まった。

『いや……違うな。そなたの体は緑に光っている。青ではない。それに……こんなに近づいたのに何も感じない。心が躍ることもなければ、兆す気配もないということは』

さらにもう一つの評価ができた。怪しいと思った途端に、竜王の全身から武人としての強力な気が発せられたのだ。

『おまえが緑氏か……』

竜王は短剣だけを手にして、緑氏に向かってこようとしている。すさまじい殺気を受けて、さすがに緑氏も冷たい汗をかいていた。

『遅かったな、竜王。明日には、竜妃も消え去る。仲良く冥界で暮らすがいい』

『わざわざ私を誑かしに来たのか？　愚かな皇帝は欺けても、私の目にはおまえの真の姿が見えるぞ。老獪《ろうかい》な魔導師の醜い姿がな』

『そう見えるのか？』

『ああ、見える。老いた、よぼよぼの疲れた男の姿が見える。私の目には、真実しか見えない』

その言葉が緑氏の怒りに火を点《つ》けた。攻撃に駆り立てられた緑氏は、ありったけの念を使ったので、竜王の体は燃えながら空中高くに飛び上がっていった。

本当はもう少し刻を掛けて、あの美しい竜王をたっぷりいたぶってから、冥界に送り出してやりたかったのにと残念に思う。

「顔のことを言われたから、冷静でいられなかった。残念だ。首が飛ぶところまで、しっかりこの目で見たかったのに……」

緑氏の師であった魔導師は、山をも動かすと大言していたが、そんなものは嘘だ。念力といっても、せいぜい人や馬を飛ばせる程度なのだ。

けれどその真実を、人々に知られてはならない。山を動かし、川を逆流させ、城を瞬時に破壊するだけの魔力を持つと信じさせねばいけなかった。

念力に比べて、人心を繰るのは容易《たやす》い。齢八十に近いのに、誰もが緑氏を三十歳にもならない若者だと信じている。なのにあの竜王は、瞬時にまやかしを見抜いた。

「すべてがあの竜王の一族のせいだ。番人などとほざいているが、いつまでも好きにはさせない」

憎々しげに呟いていた緑氏は、蠟燭《ろうそく》の灯が僅かに揺れたのを見て、居室の扉が開いたことに気付いた。

紗《しゃ》の御簾を下げ、緑氏は床に這《は》い蹲《つくば》って礼をする。本来なら后のために下げられる御簾だが、ここでは違う。たとえ這い蹲って頭を下げていても、宰相の緑氏のほうが遥《はる》かに宮中での立場は上だった。

「宰相様、お顔の出来物はまだよくなりませんの？　宮中から光が消えたようだと、皆が申しております」

「これはこれは風輝妃……わざわざのお見舞い、いたみいります」

「何より、帝が寂しがっておいでだわ」

後宮一の美女と謳《うた》われた后は、そこで意味ありげな微笑みを浮かべた。

「万が一、うつるようなものではいけないので、このように養生いたしております」

「おかしなものですわね。何でも叶えられる宰相様ともあろうお方が、出来物一つに手こずるなんて」

后の言葉には、悪意が微妙に隠されている。悪意と嘘と毒しか武器を持たない、後宮の女の得意技だった。

「そうですね。自分の顔もままなりませぬ。それで帝が寂しい思いをなさるというなら、また新たな寵愛の対象を後宮に迎えられますよう、進言いたしましょう」

緑氏の言葉に后は一気に青ざめただろうが、室内の暗さに救われている。

風輝妃の心中は複雑だろう。皇帝の寵愛を一度は手にしたものの、その後、皇帝は次々と相手を変え、何人かの女に嫡出子を生ませた。后が唯一、他の后より有利なのは、一番最初に男子に恵まれたというだけに過ぎない。

そんなとき、緑氏が現れたのだ。魔力を持つ美しい若者は、あっという間に後宮からすべての女たちを追い出し、皇帝の寵愛をすべて独占してしまった。

どんなに愛されても、緑氏が嫡出子を身籠もることはない。だから后となれた女たちにとって、緑氏は敵に回すより味方にしておくべき存在となった。

「帝が他に目移りなさるなど、考えられませんわ」

后は媚《こ》びたように言ってくるが、女の魅力では緑氏を落とせないのも知っていた。

「それより、竜王の一族はどうなりましたの？」

「今は、報告を待っております。そろそろ竜王の首が届くでしょう」

「まぁ、それは何よりですわ。では、戦になっても勝てるのですね」

后の迷いが、そのまま気の流れになって、蠟燭の灯を大きく揺らした。

自分の息子に帝位を継がせるのなら、これまでより広大な帝国が欲しい。そのための戦なら大歓迎なのだ。上手くいけば戦で皇帝が崩御し、早々に息子は皇帝になれるかもしれないではないか。そんな欲が后の全身から立ち上ってきて、蠟燭の灯を高くさせた。

「竜王の一族さえ滅びてしまえば、近隣の国々を手に入れるなど容易いことですよ。さらには海を渡り、山を越えて、もっと遠くの国々を支配できます」

「素晴らしいわ。そもそも精霊は間違っていたのですわ。正しい人の子である私たちの民を大切にせず、竜の血が混じった野蛮な民を優遇するのですもの」

「まさに、仰せのとおりです。けれどご安心を。もう精霊の姿を見た者はおりません。彼らはこの地を去ったのです。竜王も、精霊の力を借りなければ、ただの蛮族ですから」

すぐに軍の強化をしなければならない。何しろ竜王国の兵は、訓練された最強の兵ばかりだ。十倍の兵力をもって向かわねばならないだろう。それには新たに兵を雇わねばならないが、国庫には十分な資金があった。

あれをすべて使い切ってしまっても構わない。なぜなら緑氏の目的は竜王国を滅ぼすことであって、その後の禦空国がどうなろうが、知ったことではなかったからだ。

「一日も早いご快復を願っておりますわ。そして朗報が届くことを、祈っております」

短い面会はそこで終わった。どうせ最初から、たいした話などなかったのだ。ただ后としては、この部屋に足繁く通って、宰相とは信頼関係で結ばれていると、他の后たちに信じ込ませたかったにすぎない。

それが分かっていても、緑氏は付き合ってやっている。女は面倒だが、一番力のあるものだけ贔屓《ひいき》にしておけば、余計な揉め事を避けられるからだ。

后とは面会したとなったら、今夜は皇帝からの呼び出しを断るのは難しい。嫉妬深い皇帝は、まず誰よりも自分を最優先にしなければ、途端に荒れて手がつけられなくなるのだ。

「数日、伽の相手をしてやらなかったから、今夜はかなり荒れているだろう。薬を多めに使って、派手な幻覚でも見させるか」

薬の入った小箱を開いていたら、ふっと蠟燭の灯が揺れた。緑氏は振り返りもせず、独り言のように呟く。

「首が見つかったのか？」

緑氏の配下である間諜の姿は、闇の中に溶けている。けれど声だけは、近くからはっきりと聞こえてきた。

「竜王は、駐屯地に戻りました」

「戻った？　生きていたというのか？」

緑氏の手から、薬の包みが落ちて床に散った。滅多にしない失態だ。それだけ緑氏は動揺していた。竜王が生きている。そんな筈はない。あの念力だったら、雄牛でもばらばらにできた筈だ。もし助かったとしたら、あの者を竜王国がすでに手に入れていたということになる。

「竜妃がいるのだな？」

「はい。青い瞳の若い男を、竜王は同伴しておりました」

「男だったのか……。村人は全員焼き殺した筈だが」

「山の牧草地にいて、兵たちに気付かれなかったようです」

「牧草地……羊番とはな……見逃すとは、迂闊《うかつ》だった」

皆殺しにしてしまえば取りこぼさない、そう思っていたが、まさか羊番だったとは思いもしなかった。現場にいた兵も、そこまで確認することはしなかったようだ。これは完全に緑氏の失敗だ。

「そうか、竜王が竜妃を迎えたのか」

ではもう竜王は、完璧な強さを身に付けてしまった。竜妃がいる限り、竜王に死は訪れない。そうなれば竜王国軍の士気は高まり、勇猛果敢に攻めてくるだろう。

十倍の兵力でも敵わなくなった。敵の一人の兵が二十人を倒せるほど強いとしたら、迎え撃つには二十倍の兵が必要だ。しかも訓練されていて、統率の利く兵でなければならなかった。

急ぎ準備をしても、とても間に合いそうにない。

竜妃を連れて国に戻った竜王は、決して緑氏を許さないだろう。和平交渉をするとなったら、まず緑氏を差し出せと言ってくるに違いない。当然、結果は死罪だ。

死ぬことなど緑氏は恐れていない。だが、いたぶられて死ぬのは不本意だし、竜王国が敗れる瞬間を見たいという野望が達せられないままなのも、納得できなかった。

まずは交渉を長引かせ、その間に軍の強化を急がせることだ。武官たちは、ここぞとばかり張り切って動き出すだろう。何しろここ三百年、武官は飾り物だと文官や宦官、後宮の女たちからさえ笑われてきたのだから。

「では、こうしよう。竜妃の暗殺を命じる。最初から、そなたたちを使えばよかったな。国軍の兵など向かわせたから、こうした取りこぼしになる。竜妃と竜王、どちらも消して欲しいところだが、難しかったら竜妃が先だ。いいな……」

「御意……」

竜妃の力といっても、ただ傷や病を治せるだけのものだ。羊番程度では、武術の腕もたいしたことはない。

そんなに待たずとも、今度こそ本当の朗報が届くと、緑氏は楽観していた。

やっと心から結ばれたというのに、二人のための新床は暖まることはない。翌朝にはすぐに駐屯地を出立し、港へと向かわねばならなかった。急いでも三日は掛かる。思ったよりずっと長旅だ。

新たな護衛兵が加わり、さらには竜王と竜妃のために働く使用人が増えたから、人数は倍近くになっていた。それぞれが騎乗している。シンにも馬が与えられたが、実は馬に乗るのはこれが初めてだった。

「驢馬には乗ったことあるけど、馬は初めてなんだ。かなり大きさが違うね」

シンが途惑う様子を見ながら、梅里と桜里は笑っている。宦官とはいえ、二人とも馬上の姿勢はなかなかのものだった。しかもその華やかな容姿に相応しくない、長剣を携えている。

「まさか、その剣で戦えるの？」

どうしても遅れがちになるシンを、左右から護るようにして進む二人に、シンは思わず訊いてしまった。

「近隣諸国の番人である竜王国では、女や子供も戦いを学びます。幼い頃より武術や乗馬で鍛えられるんです」

梅里の返事に、シンは羨ましくなってしまった。もし自分が竜王国に生まれていたら、鍛えられて男らしく育ったかもしれないのだ。

精霊は竜王国でシンが生まれるように、どうしてしてくれなかったのだろう。わざわざこんな離れた他国の村で生まれたことに、意味はあるのだろうか。

「どうした？　獣と話せるんだろ？　おまえに与えた馬は、気性の穏やかな馬だが」

遅れてしまうシンを案じて、リュウは何度も後方に戻ってくる。何とか歩調を合わせてくれようとしているが、どうしてもシンは遅れてしまった。

「おれがあんまりびくびくしているもんだから、馬が遠慮して静かに歩いてくれてるんだ」

「そうか……では、馬に命じろ。もう少し速歩で進めと」

「そんなこといっても、落ちるよ」

「体を浮かせるのは得意だろう？　あんな特技を持っている人間はそういないぞ」

楽しそうに笑ってリュウは言うが、シンは昨夜のことを思い出して真っ赤になっていた。

体が浮き上がる人間なんて、聞いたことがない。しかも快感と同時にそうなるなんておかしい話は、全く聞いたことがなかった。

やはり自分は竜妃と呼ばれる特別な存在だと、シンもこれではっきり自覚した。そしてあの青い不思議な煙が、果てることもなくいられるほどの精気を、リュウに与えることも知った。

今、こうして静かにしているときは、シンの体に何の変化も訪れない。けれど夜になって、また体を重ねたら変化するのだろうか。

「竜王に申し上げます」

背後からやってきた兵が、緊張した声で伝えてきた。

「狼の群れが、出立のときからついてきているのですが、射て追い払いましょうか？」

「狼？　襲ってこないようなら、それは竜妃の親族だろう。粗略に扱うな」

「し、親族ですか？」

「ああ、そうだ。兄妹というより、今なら甥《おい》に姪《めい》か？　何しろ狼は、人より短命だからな」

朝から機嫌のいいリュウは、そんなことを言って兵を驚かせて笑っていた。それを聞いて、シンも思わず頷く。

自分はこんな特殊な存在だ。狼に育てられたというのは事実だし、もしかしたら本当に狼の体内から生まれたのかもしれない。

だから狼は、今でもシンを護ってくれているのではないだろうか。そして賢い狼たちは、リュウがシンの運命の相手だと知っていて、襲いはしなかったのだ。

森の中を一行は進む。シンは何度か振り返り、狼の群れを見ようとした。

人の世界に連れてこられてから、すっかり彼らとの生活を忘れてしまった。けれどふわふわした被毛に抱き付いて眠る幸福感は、今でもよく覚えている。だから眠るときは、羊の毛の敷物が必要だったのだ。

そのとき、いっせいに狼が吠え始め、一行を追い抜いて走り始めた。シンの馬を追い越していく一団の中には、狼の血が混じっていると思われた、大きな犬も二頭混じっている。

「おまえたち、ついてきたのか？」

彼らは激しく吠えながら、一行の前を塞ぐ。木々の鬱蒼《うっそう》と茂る辺りに向かって足を止めて、さらに吠え続けた。

「止まれ。樹上に何かいるっ！」

シンは思わず大声で叫ぶ。狼が吠える意味が分かったからだ。

一行はそこですぐに馬を止め。兵たちはシンの周りを取り囲んだ。そして兵たちは矢を番《つが》え、樹上を窺う。葉のようなくすんだ色の衣を纏った、おかしな風体の男が数人、樹上から矢でこちらを狙っているのが見えてきた。

「下がれ。矢で狙っている。木の陰に隠れろ」

リュウはそう命じると、剣を抜いて構える。すぐにその体に矢が射られたが、剣で次々と払っていった。

シンに向かっても矢は飛んでくる。すると梅里と桜里の二人が、果敢に剣を奮って払い落としてくれた。

兵たちは落ち着いて樹上の敵を狙う。そして射られた男が一人、地上に落ちてきた瞬間、狼が襲いかかっていった。一人、また一人と落ちてくる敵を襲っていた狼だったが、そのうちにキャンと鳴く声が聞こえた。どうやら短刀で突かれたらしい。

「大変だ。助けなくちゃ」

シンは馬から下りて駆け寄ろうとする。すると梅里と桜里の悲鳴が上がった。

「竜妃様、いけません。狙われます！」

リュウがすぐにシンの側に駆け寄る。だがそのとき、頭上から剣を構えた男が飛び降りてきた。

何が起こったというのだろう。すべての動きが止まり、一瞬で世界が青くなったかのように見えた。

シンの頭の真上に敵の男の体があって、剣の切っ先が頭部を狙っているのが分かる。

怒り狂ったリュウが、男の体のすぐ近くにいて、まさに剣で薙《な》ぎ払おうとしていた。

シンはゆっくりと体を反らし、後方に向かってそのまま体を一回転させた。これまで一度もやったことなどなかったが、まるでシンの体には重さがないかのように宙返りは見事に成功した。そして気が付いたら、敵の剣は地面に突き刺さり、その体はリュウの剣によって斬られていた。

視界が青いままだ。そんな中、真っ黒に見えるのが敵らしい。

「リュウ、後ろだ。後ろから、またやってくる」

剣を構えた男が走ってくる。けれどその動きはとてもゆっくりだ。シンはその男の足下に、枯れ枝を投げつけた。すると見事に足に当たり、男は体勢を崩しながらリュウに斬りかかっていくが、そんな状態で最強と謳われる竜王に敵うはずもなかった。

一人の敵が、走って逃げていく。シンは狼たちに命じていた。

「追え！　噛み殺すな、生け捕りにしろっ」

狼はすぐに追っていく。その後を、数人の兵がさらに走って追っていった。

シンはそのまま短剣に刺された狼に向かって駆け寄る。見ると村からついてきた、狼の血を引く大きな犬だった。やはり狼と違って、戦うのはあまり得意ではなかったらしい。

「大丈夫だよ。助けるから」

まだ体の周りに青い煙がある。それをシンは、犬に吹き付けるようにしてやった。すると舌を出して荒い息をしていた犬は、穏やかな表情になって寝息を立て始めた。

「治るよ、きっと治る。もう大丈夫だ」

夢で何度も見た、青い姿の美しい人が息を吹きかける様子、あれはまさに今のシンがしていることだった。

「もしかしたらおまえ、おれの兄妹の子供か孫かもしれないね」

頭を抱いて撫でてやっていたら、そんな姿を見下ろすリュウに気が付いた。

「リュウ……助けてくれてありがとう」

「助ける？　助けられたのは私だ。これではどちらが竜王か分からないな。全く、見かけと大違いだ。意外にやるじゃないか」

「自分でも、何がどうなってるのか分からなかった。ただ、みんな動きがゆっくりになってるみたいで、それで助かったんだ」

竜妃がどう竜王を助けるのか、誰も詳しく知っていない。ただ怪我や病を癒すということだけが伝わっていたが、どうやらそれだけではないらしい。この魔力のような力があれば、いくらでもリュウを助けられそうだった。

「ところでそいつは親族か？　やけに懐いているみたいだが、狼にまで嫉妬することになるとはな」

「村からついてきたんだ。リュウが意識を失って河原で倒れていたとき、荷台まで運ぶのを率先して手伝ってくれたんだよ。狼の血が流れているみたいだから、きっと親族だね」

「そうか……二度も助けられたんじゃ、粗略な扱いはできない。では、竜妃の膝をしばらく貸し与えることにする」

「よかったね、竜王のお許しが出た」

傷口から滴っていた血は止まった。どうやらもう刺された箇所は塞がってしまったようだ。

この力は凄い。もし精霊が今でも人の姿を持っていたなら、それこそ神として崇められただろう。なのに精霊は、自ら神となることをしなかった。それは正しいことだとシンには思える。すべての命を救うことはできない。兎を助ければ、狼や狐が飢える。羊を助ければ人が飢えるし、人に不死を与えてしまったら、それこそ世界は人で溢《あふ》れてしまう。

そんな面倒なことになるくらいなら、ありのままでいい。けれどそれでもまだ人の世には、秩序というものが必要だ。その秩序を守らせるのに、竜王国の番人たちがいるのだ。

「竜王、敵は毒で自害いたしました」

戻ってきた兵が、手短に説明している。その背後には、獲物を仕留められず不満そうな狼たちがいた。

「おかしな衣だったが、心当たりはあるか？」

「禦空国の間諜だと思われます。かの国は、兵の教育では劣りますが、間諜術に関しては我が国の上を行きますから」

「ふんっ、卑怯者《ひきょうもの》の国らしい」

「竜妃共々、ご用心を」

軍船が待つ港まで行けば、どうにか逃げ切れる。それまで無事でいられるのだろうか。

シンは自分の馬に、傷ついた犬を乗せた。それを見ていたリュウは、また怒ったように言ってくる。

「自分の命が狙われているというのに、犬の心配か？　そんなものを積んでいたら、ますます馬の足が遅くなるぞ」

「迷惑はかけないから。今の戦いで、自分の力が少し分かってきたんだ。馬を恐れなければ、乗りこなすこともできる筈だ」

落ちると思うから恐怖を感じる。けれどあんな宙返りができるのだ。落馬もたいした痛手にはならないような気がした。

一日一日と過ぎるうちに、自分がどんどん変わっていくのが分かる。竜妃というのは、竜王にとってただの伽の相手ではない、特別な存在だ。その名に相応しくなるにはどうすればいいのか、これからも考え続けなければいけないのだろう。

犬を落ちないように紐で固定しながら、シンは呟く。

「おまえの栄誉に対して、報償を与える。どう、いかにも竜妃らしい物言いだろう？」

犬はくぅと小さく鳴いて、シンの手を舐めてくる。

「報償は、名前だ。村にいた頃はどんな名で呼ばれていたか知らないけど、おれの一番最初の仲間だから、イチにしよう」

そのままシンは馬に乗る。恐怖心はすっかり消えていて、馬の安堵感が伝わってきた。

「竜王にお願いがあるんだけど」

隊列を組み直し、負傷者の有無など忙しく確認していたリュウは、シンの申し出に怪訝《けげん》そうな顔で振り返る。

「何だ、こんなときに」

「軍船に馬も乗せるんでしょ」

「ああ、そうだが……言いたいことは分かってる。あの狼どもまで乗せてくれと言うんだろ」

「ありがとう、リュウ」

先に礼を言われてしまったせいか、リュウは何か言いかけたが押し黙ってしまった。どうやら竜王も、竜妃にだけはかなり甘いようだ。だがそれも、あんな力を見せられた後では、誰もが納得しただろう。

夜になると野営地に天幕が張られた。一番豪華な天幕を与えられたものの、やはり落ち着かない。ここは敵地ではない筈だが、それでも日中のように刺客が襲ってくる可能性はあるのだ。

薪が燃やされ、夕食の準備が始まる。シンは黙って見ていることができなくて、気が付くと二人の調理人に混じって鳥の羽をむしっていた。こうして何かしていれば、不安な気持ちが落ち着くのは昔からだ。

「竜妃様、かなりお上手ですね。助かります」

シンの手際のよさに、調理人たちは言葉少なに褒めてくれた。それを聞いてリュウは、嬉しそうに微笑む。

「どうにも困ったものだ。竜妃には様々な力があるが、その中に調理というのもあるんだ。鶉なんて焼かせたら、かなりの腕だ」

リュウは側を離れずに、何羽もの家鴨の羽をむしるシンを背後から眺めている。警戒しているからというのもあるだろうが、ただ離れたくないだけかもしれない。

「竜王様は、竜妃様の料理を食べられたのですか？」

調理人に訊かれて、リュウは嬉しそうに答えた。

「ああ、竜妃と共に暮らした数日、毎日のように旨いものを食べさせてもらった。特に、粥はかなりのものだ。宮中でも、あんなに旨いのは食べたことがない」

「それは竜妃様が作られたから、特別においしいんでしょう」

「いや、本当に旨いんだ。そうだな、今度は朝にでも作らせよう」

調理人が軽く冗談めかして言っても、リュウは怒らない。間違ったことをしなければ、リュウは誰に対しても公正で親しみやすい王だった。

手早く鳥を捌き、火で焙る。気が付いたら梅里と桜里も来ていて、シンの様子をじっと見ていた。

「竜妃様、貴人の奥様は、料理などなさらないものです」

「そう分かっていても、あまりにもお見事で、しかもおいしそう」

シンは炎の様子を見ながら、ほどよく鳥を焙っていく。滴る油が火に落ちて、いい匂いが辺りに漂い始めた。

「こんなことでもしていないと、落ち着かなくて。みんなは平気なんだね。心が強いんだな」

「慣れているだけです、竜妃様。わたくしたちだって、内心は怯えております」

梅里の言葉に、シンは力なく微笑む。皆に怖い思いをさせているのは自分のせいだと、罪の意識で胸が痛んだ。人が死んでいくのを間近に見るのは、たとえ敵とはいえ嫌なものだ。それがまた余計に、シンの心を暗くする。

「けれど竜妃様、調理をなさっているのは、心に余裕がある証拠ですわ。本当に怖かったら、天幕の中で震えている筈ですもの」

どうやら慰めてくれているらしい。確かにそのとおりだったから、シンはさらに洗った芋を蒸《ふ》かす作業に入り、まだ心に余裕のあるところを示した。

「竜王様、都に戻られましても、竜妃様のお料理を召し上がるのですか？」

桜里に訊かれて、リュウは相好を崩した。

「うむ、ぜひそうしたいな。何より、毒味の必要がない」

「あら、それでは毒味専用の宦官が、仕事を失いますわね」

桜里の言葉に、リュウはおかしそうに笑っていた。

日中、あんなことがあったのに、彼らは誰も不安そうにしていない。近隣諸国の平和のために、海賊や盗賊と常に戦っている竜王国の人間にとって、あの程度の襲撃はたいしたことではないのだろうか。

「これは何？」

見たことがないものがあって訊ねると、調理人はすぐに教えてくれた。

「干した魚ですよ。湯で戻して、煮物にします」

「へぇーっ、海の魚？」

「そうです。竜王国は海があるから、魚や海老《えび》、蟹《かに》なんかが豊富ですよ」

「海の魚、食べたことないんだ。今夜、これの料理を作る？　作り方教えて」

新しい食べ物に対する好奇心で、シンはわくわくしている。

シンも竜王国の人間並みに、不安に打ち勝つ方法を身に付けた。こうして楽しいことをしている間は、余計なことを考えずにすむ。

けれどまたもや狼がうろうろと歩き始め、激しく吠えたので、平和な気分はすぐに吹き飛んでしまった。

武装した集団相手なら、狼たちもすぐに攻撃しただろう。けれどやってきたのは、ぼろぼろの衣をまとった女で、腕には赤子らしきものを抱えていた。敵意はないと思ったのか、狼は威嚇のためにウーウーと唸っているだけだ。

「お願いです。もう何日も、まともに食べてないんです。何か恵んでください」

そう言って、ひたすら頭を下げながら近づいてくる。兵たちもすでに気付いていたが、出て行くように促すぐらいしかできない。哀れな女を追い払ったとなったら、民には優しい竜王の怒りを買うのではないかとの迷いもあるせいだ。

女は遠慮も忘れたのか、それとも鳥を焙る匂いに引き寄せられたのか、シンたちのいるほうに近づいてくる。

「お願いです。お願いです、どうか、肉の一切れでもいいから恵んでください。乳が出なくて、この子も死にそうなんです」

シンはすぐに、ふかした芋でも渡してやろうと思ったけれど、女にとっていい人になることはできなかった。

いきなりシンの体は青く変化してしまい、続けて視界も真っ青になったのだ。その視界に入った女の体は、化け物のように真っ黒にしか見えなくなっていた。

手にした赤ん坊にも、命があるとは思えない。命のあるものから発する熱が、全く感じられないのだ。しかも女からは、我が子を案ずる気持ちが全く伝わってこなかった。

これは敵だ。同情を惹いて油断させるという、もっとも卑怯な手を使う敵なのだ。

「それ以上……近づいてはいけない」

抑揚のない声でシンが言うのに、女はまるで聞こえていないかのように、一歩、また一歩と近づいてくる。

黒い塊にしか見えない体の奥で、きらきら光る細いものが見える。その先端は、緑色に光っているのすらシンには見えていた。

「駄目だ。近づくなっ！」

シンが叫んだと同時に、その手から青い光が迸《ほとばし》り、女の体ははるか先まで吹っ飛んでいた。

皆は呆然《ぼうぜん》として、シンを見ている。けれどリュウだけは、すぐに剣を手にして兵に命じていた。

「油断するな、刺客だ」

兵たちが慌てて走り出すのを、シンは引き留める。

「待って。毒を持ってる。手に、毒針……。刺されないように気を付けて」

「まさか、そんなものまで見えたのか？」

リュウは呆れているが、シンは一瞬で何もかも見抜いていた。なぜかなんて理由はもう分からない。ただ本能で、リュウに近づく危険に反応してしまうようだ。

「赤子が偽物だったから……すぐに分かったんだ」

「しかも飛ばしたぞ」

「あ、ああ、そうだね」

女の体は、かなり離れた場所に落ちていた。恐ろしいことに、リュウとシンを狙っていたのだろう毒針で自身を刺してしまい、兵が近づいたときにはすでに絶命していた。

「汚い手を使う。毒は女か弱者の武器だ。武人が使うものではない」

憮然《ぶぜん》とした表情で言うと、そこでもう気分は切り替えたのか、リュウはほどよく焼けた家鴨を真っ先に食べ始めた。怒りのせいで食欲が増したらしく、豪快に鳥にかぶりついている。

「まだ来るかな？」

シンの心配をよそに、リュウは平然としていた。さすが竜王国の人間だ。皆も何事もなかったかのように、そのままそれぞれの作業を続けていた。

「来ても心配ない。竜妃と狼がいれば最強だ」

「うん、きっとまた気が付くと思うけど」

「飛ばすのはどうやったんだ？」

「覚えてない」

あれでかなり力を使ったからだろうか。シンの体から一気に青い色が消え、そのまま力が抜けて体がふらつき始める。するとリュウが目ざとくその様子に気付いて、シンに命じてきた。

「こっちに来て座れ。そしておまえも食べろ」

自分の隣に座らせると、リュウはシンの前にずらりと食べ物を並べ始めた。

「食べるんだ。そして、ゆっくり眠るといい。シンが眠っていても、警戒は怠らないから心配しなくていい」

「う、うん……」

リュウはそこでさりげなく人払いを命じる。二人きりで話したいことがあるのだろう。けれど話すだけの気力が残っているだろうか。ともかく食べないといけない。何かで精を付けないと、また刺客が襲ってきたら、こんな状態では役に立たないに決まっている。せっせと食べ物を口に運ぶシンに、リュウは誰にも聞かれないよう小声で囁いてきた。

「私が飛ばされたのも、あんな感じだった」

「えっ？」

「今のを見ていて思い出したんだ。違うのは、相手が放った光は緑で、私の飛ばされた距離がはるかに遠かったというだけだ」

「……それじゃ、これはリュウを襲った魔力と同じってこと？」

リュウは頷き、しばらく黙って考え込んでいた。その間、シンも必死になって考える。答えが少しずつだが、見えてきたような気がした。

「思い出したぞ。そうだ、あれが緑氏だったんだろう。私には、かなり高齢でしわくちゃの爺さんにしか見えなかった。だから正直にそう言ったんだ。その途端、飛ばされていた」

「緑氏って、もしかして……」

そこでシンは言い淀《よど》む。まさかそんなことがある筈はないと思えたからだ。

けれどリュウは、思ったままシンの考えているのと同じことを口にした。

「緑氏は……竜妃になれなかった男ではないだろうか」

「やっぱり、そう思った？」

「ああ、シンがもっと力を付けたら、私を飛ばしたような荒技もできるようになるんだろう。皇帝が緑氏を寵愛しているということだが……分かる気がする。一度でも竜妃を抱いた者は、他の相手では満足することはない。だが、シンはどうだ。私以外でも、喜べるのだろうか？」

リュウはシンをじっと見つめてくる。そこにはシンもまた、緑氏のような魔導師になってしまうのではないかとの不安が見え隠れしていた。

「他の誰かなんて、おれには考えられない」

ましてや愛のない相手と体を重ねるなんて、シンには信じがたいことだった。

「どうかな。緑氏は皇帝だけでなく、その后まで手中に収めているという。女も男も愛せるらしい」

「おれをそんなふうに見てるの？」

怒るべきだろうか。いや、それよりも信じてもらえない悲しみのほうが深かった。リュウはそこで手を伸ばしてきて、シンの手を握りしめる。

「すまなかった。私はシンを手に入れたばかりで、まだ愛されている自信がない。どんなに思っても、それをどういう形で表したらいいのかも分からないし、不安なんだ」

「おれは、どんなに強くなったって、おかしな魔導師になんてならないよ。他の誰かのところになんていかない。でも、おかしいじゃないか。竜妃は竜王のために生まれるんだ。竜王と出会わなかったら、力を発揮できないんだよ？　そういう約束なんでしょ」

「どこかで自分の力の使い方に目覚めたんだ。あるいは誰かに教えられたのかもしれない」

「竜王がいなくても、力が出るってこと？」

それでは何のために、生まれてきたというのだ。竜王に巡り会い、助けるために生まれたのではなかったのだろうか。

「誰も竜妃のことなんて、詳しく知らないんだ。そういうことがあっても、おかしくないだろう。たまたまこれまでの竜妃の中に、おかしな野望を持った者がいなかっただけだ」

自身の力を知らず、竜王以外の誰かに嫁いだ者もいたかもしれない。女の形で生まれたなら、本来優しい性格の竜妃だ。妻にと望む男も多いだろう。そして幸せに生きて、自然な死を迎えたに違いない。

けれど男の形で生まれた者はどうだろう。シンはリュウと出会うまで、普通の男のような精通すらなかった。さらに獣と心が通じるなど、変わったところがあった。皆が同じようだったら、嫁いでくれる女も見つけられず、生涯を寂しく過ごすことになった筈だ。

「緑氏は魔導師なんて名乗っているようだが、まさにシンが持っている力と同じじゃないか」

「緑氏は料理できる？　それなら、同じだって認めるよ」

シンの返事にリュウは笑いだし、自分も食事を再開して、旺盛な食欲を見せ始めた。

「もし緑氏が竜妃になれたとしたら、相手は陽純公だ。若い頃の陽純公は、かなり美しい男だったらしい。私が知っている頃には、もうほどよく年老いていたが」

「梅里と桜里を送ってくれた人？」

「そうだ。今でも長老として議会に出ている。性格は穏やかで、竜王の頃は優れた良王だった」

料理を摘むシンの手は止まった。

もし緑氏が自分の運命を知っていたなら、美しい竜王を見てどう思っただろう。戦になれば結ばれたのに、何もない平和な世だったから、遠くから見ているだけの関係にしかなれなかったが、それを理不尽だと感じ、恨みはしなかっただろうか。

「緑氏は、竜妃になりたかったのかな」

「シンは私を見てどう思った？　私が相手なら、竜妃になりたいと思ったか？」

「最初から王様じゃなかっただろ。手の掛かる子供みたいだったけど、おれは……そんなリュウとでも、一緒にいたいと思ったよ」

その答えに、リュウは満足したらしい。これで少しはシンの真を信じて貰えたようだ。

「シンは純真だ。欲がないから、特別な力を授かっても、それでどうにか人を支配しようなんて考えないだろ？」

「考えないよ。人を支配するって、羊たちに言うことをきかせるのとは大違いだ」

「だが、緑氏にとって人間は、羊以下の存在かもしれない」

人を支配するためには、竜王と竜妃は邪魔なのだ。それだけははっきりしている。我欲を持たない崇高な竜王は、何があっても緑氏のような野望を抱く者を阻止するからだ。

邪魔なものは殺してしまう。そんな発想は、命を何より大切にするシンには理解できない。

「まずは禦空国の皇帝の目を覚まさせることだ。私が見た緑氏の姿が真実だと知ったら、恋情も冷めて落ち着くだろう」

「皇帝に会いに行くの？」

「そうだな。できることなら戦にはしたくない。意味もなく死ぬことになる兵が気の毒だ。何しろ私の竜妃は、犬が怪我しただけで大騒ぎだ。傷ついた兵を見たら、どうなることか」

リュウの思いやりある言葉に、シンは思わず涙ぐむ。

こんな優しさもある竜王と出会え、シンは幸せだ。

では、竜王と出会えなかった竜妃である緑氏は、どんなふうに生き、どんな幸福を見つけたのだろう。過去の辛い日々が、緑氏を戦に駆り立てたのかは、今のシンには知りようもなかった。

港に着くまで、さらに二回襲われた。けれど竜王を護る兵たちの力と、忠実な友、狼の活躍でシンはまたもや難を逃れた。

さすがに海まで刺客が追ってくることはなかったので、シンは生まれて初めて見る海を心から楽しむことが許され、しかも船旅は快適だった。

命を狙われているというのに、毎日が幸せに感じられてならない。だからこそシンは、ここ三百年の間に自分だけが竜妃に選ばれ、幸福でいられることに罪悪感を覚えた。

その罪悪感は、一行が都に到着したときにますます強くなっていた。

軍船が帰港したのは、シンがこれまで見たことのない、賑《にぎ》やかな港町だった。美しく着飾った人々や元気な子供たち、船乗りに商人などが兵と一緒に道を行き交っている。まさに平和そのものの光景だ。

「ここが……竜王国の都？」

「ああそうだ。あそこに聳えるのが、竜王国の王城だ」

港のほど近くに、巨大な王城が聳えていた。屋根は青銅色の瓦で覆われ、青地に赤い竜の姿を描いた旗が、数え切れないほど掲げられている。それだけでもこの国の凄さが伝わってくるが、綺麗に整備された港には無数の軍船が停泊していて、初めて訪れた者たちを震え上がらせた。

いつでも戦える。そしていつでも負けることはない。それがこの国の軍であり、竜王国の人々の誇りのもとなのだ。

竜王の帰港を知らせる銅鑼《どら》の音が響く。すると行き交う人々の動きは止まり、皆、いっせいに地面に跪いた。

船を下りると、品のいい老人と壮年の大男が、恭しく跪いて真っ先にリュウとシンを出迎えた。

「竜王、よくぞご無事で」

老人の声は掠《かす》れることもなく、まるで歌っているかのように響く。二人とも、老人の髪のような真っ白な衣に、金の糸で竜の姿を刺繍《ししゅう》したものを着ていた。それでシンにも、二人がどういう身分のものか、すぐに察しがついた。

「途中、姿が消えたと聞いて、心配しましたぞ」

壮年の男はにこやかに言うと、じっとシンを見つめてさらに続けた。

「まさかこの生涯で、本物の竜妃にお目にかかれるとは思ってもいませんでした。よい臣下をお持ちと聞きましたが、彼らは狼ですか？」

「は、はい、そうです」

狼を臣下として認めてくれるなんて、何ていい人なのだろうとシンは笑顔になる。するとリュウが、照れながら新たにシンを紹介した。

「やっと見つけました。私の竜妃です。こちらは先代の竜王である舜山公と、先々代の陽純公であらせられる」

「は、初めまして……竜妃です」

シンは教わったとおり、最上級の礼をした。

船旅の間に、梅里と桜里に宮中での礼儀をいろいろと教えられたが、竜王と竜妃は決して名前で呼ばれることはないというのには驚いた。

退位してからは、こうして本来の名を名乗れる。それまではシンも、人前ではリュウを竜王としか呼んではいけないのだ。

そういえばリュウの本当の名を知らない。勝手にリュウと名付けてしまったが、本当はどんな名で呼ばれていたのだろう。

シンという名は、村長が付けてくれた。名字もないただの名だけだが、村の生活ではそれで十分だったのだ。けれど今その名を呼んでくれるのは、リュウしかいない。リュウ以外の人間に、シンと名乗ることも許されなくなってしまった。

「竜王は我々と違い、他の誰とも契らずに、ひたすら竜妃を待っていらした。その甲斐《かい》がありましたな。お美しい、それだけでなく、とてもお優しいようだ」

陽純公に言われて、シンは思わずリュウを振り返る。

つまりこの二人の元竜王は、最初から竜妃との出会いを諦めていたということなのだろうか。

「ここからは馬車で、お二人と城に向かかえ。行く間、民が馬車を覗き込んで無礼を働くかもしれないが、笑って許してやってくれ」

リュウはそこでシンと別れ、船から降ろされた愛馬に乗って城へと向かう。シンは二人の元竜王と共に、豪華な四頭立ての馬車に乗せられてしまった。

狼たちはしずしずと馬車に付き従う。それを見た人々は、最初は恐れて遠のいたが、じきに竜妃の臣下だと知って騒ぎ始めた。人を襲う狼ですら手なずけてしまう竜妃に対して、畏怖の念を抱いたようだ。

「おれ、いえ、わ、私には、今は狼と犬しか、家族と呼べるようなものがおりません。お二人には、お子さんとか、いらっしゃるのですか？」

何も話さないのは気詰まりなので、つい訊ねてしまった。すると二人の元竜王は、まるで自分の子供か孫でも見るように、優しい眼差しでシンを見ながら答えてくれた。

「私はよい竜王ではなかったので、幼い頃からの許嫁《いいなずけ》と竜王になってから結ばれました。公にはせずにいたが、四人の子がおります」

舜山公の言葉に、シンは驚く。それでは竜妃となる者が現れても、決して幸せになんてなれなかっただろう。

「竜妃を前にして言うのも失礼なことですが、私は竜妃の言い伝えを信じていなかったのです。だが、万が一のことがあって、竜妃を迎えねばならなくなったら、退位の責任を感じて、妻をも悲しませることになるでしょう。だからできるだけ戦にならぬように、尽力いたしました」

言い訳かもしれないが、それで平和だったのなら、舜山公は正しかったことになる。

「我々は皆、竜妃は単なる伝説だと思い始めておりました。竜王に竜妃を探すよう進言しましたが、いや、本当にこうも容易く見つかるとは……やはり運命なのでしょうな」

陽純公がしみじみと言う。それを聞いているうちに、シンはどうしても知りたくなった。

「失礼かと思いますが、陽純公には、その、いなかったのですか？」

シンの質問に、陽純公は困ったような顔になる。やはり訊いてはいけなかったかと思ったけれど、もう口にしてしまった。

「どうぞ、非礼はお許しください。おれ、わ、私は、元は羊番なので、決まり事がよく分からないんです」

「いやいや、非礼ではありませんよ。私にも……おりましたが、相手は幼なじみの近衛隊の兵です。男らしく、気立てのいい者でした。退位するほんの少し前、私を護るために命を落としました」

「えっ！」

訊いてはいけなかった。悲しいことを思い出させてしまったのだ。シンはどうやって詫《わ》びようかと思い悩むうちに、自然と涙を流していた。

「泣いてくださるのか。お優しい方だ。何、もうしばらくしたら、私も冥界に旅立ちますゆえ、そうなれば再度、出会うことも叶いましょう」

「そうですよ、そうですよね」

一人でいた頃は、泣くなんて滅多になかった。なのにリュウと出会ってから、すっかり涙もろくなってしまっている。

だが泣いてばかりはいられない。いつシンにだって、同じような悲しみが襲うかも分からないのだ。リュウを護るためには、命を投げ出す覚悟はあるが、できればそんなことにはなって欲しくなかった。

「あれは、悲しく恐ろしいことでしたな。刺客が宮中にまで入り込んできて、獏簾《ばくれん》近衛隊長は、身を挺《てい》して陽純公を護られたのです。竜妃も今回、竜王と共に襲われたと聞きましたが、私も王位に就いていた頃は、何度か狙われました」

舜山公も眉を曇らせる。

「……緑氏が送ってきた刺客ですか？」

「残念なことに、刺客は失敗すると、皆、その場で毒を使って自害してしまうんです。だから送り手が誰なのか、分からぬままです」

竜王を殺す必要があるのは、領土の拡大を狙う瞿空国の支配者だけだ。それでなければ、竜王という存在そのものを憎んでいる誰かだった。今となって首謀者は誰か分かっているだろうに、あえて口には出さないつもりらしい。

「竜王と話していて思ったのですが、緑氏は、もしかしたら竜妃になれなかった者ではないでしょうか？」

その問いかけに、二人の元竜王は顔を見合わせる。そんなことを考えもしないで今日まできたのか、シンの言葉に驚いていた。

「わ、私は、竜王と結ばれてから、人の体を飛ばしたり、怪しい者を見抜いたり、傷を治したりすることができるようになりました。獣たちも、これまで以上に言うことを聞いてくれます。こんな力、誰にでもあるものではないでしょう？　もしかしたら緑氏は、竜妃になれなくても、力だけは手に入れたのかもしれませんよね」

こんな突拍子もない話を、いきなり信じてくれるとは思えなかった。けれどこれを聞いた二人はじっと考え込む。

「だとしたら……これは、私たちに対する復讐でしょうか？」

しばらくの沈黙の後、陽純公が口を開いた。

「復讐？」

「たとえ戦乱の世でなくても、竜妃を見つけ出し、丁重に扱わなかった我々に対する復讐です」

「わ、私には、分かりません」

たとえあのまま一生羊番でも、シンは誰かを恨んだりはしない。だが、すべての竜妃がそうだったかは分からなかった。

「緑氏なる者の目的が、竜王に対する復讐だとしたら、他国への侵略の戦いを仕掛けてきた意味も分かります」

陽純公は遠くを見るような目をしながら、思っていたことを口にする。

「もはや寿命も尽きかけようというのに、無謀なことをする意味は、竜王と竜妃を葬って、昔年の溜《りゅう》飲《いん》を下げるつもりなのでしょう。そのために緑氏は、他国だけではない。自国の兵まで犠牲にするつもりのようですな」

「宰相にまでなったのに、そこまでするものでしょうか？」

舜山公は疑問に思っているようだ。だが陽純公は、何か思うところがあるのか、黙って頷いていた。

車中の重苦しい雰囲気に反して、往来には派手に銅鑼が鳴り響いている。窓から外を見ると、王城はまさに目の前に迫っていた。巨大な城門が開かれ、先頭を行くリュウと臣下が入っていく。竜王の姿を見ようと道に溢れていた群衆が、見えなくなるのを惜しむように竜王様と口々に声を上げていた。

その声も遠ざかると、遠くから微かに管弦の音が聞こえてきた。そんな雅な楽の音を耳にするのは初めてだったので、シンはもっと近くで聞きたくなり、落ち尽きをなくしていた。

そんな子供じみたシンの様子を見て、元の竜王たちはただ微笑む。愚かな子供のようなところも、竜妃なら許されてしまうらしかった。

王城の中庭には、真っ白な細かい石が敷き詰められていた。その間を、磨き込まれた大きな一枚石を並べた道が、うねうねと城まで続いている。これなら沓などいらない、裸足で歩いていきたいと、シンはつい思ってしまった。

城の周囲は小さな川で囲まれ、欄干に金竜の飾りのある橋が掛けられている。綺麗な水の流れる川には水鳥が遊んでいて、いかにも自然なように見えるが、川そのものが作り物だった。それに気付いたのは、川がいきなり中庭の一画から始まっていたからだ。

どうやら汲み上げた水を流して川にしているらしい。そんなものを作ってしまう竜王国の技術に、驚く者は多いだろう。シンもまさにその一人で、しばし足を止めて水が噴き出す様子をじっと見つめてしまった。

「何が珍しい？」

立ち止まったシンを促すように、リュウが腕を引く。

「川が……」

「ああ、水浴びしたかったら、いつでもしていいぞ。ただし人払いしてからだな」

「こんなところでしないよ」

さすがに冗談だと思ったが、ついシンは真面目に答えてしまう。

この広い中庭に、兵たちが整列したりすることもあるのだろうか。そんなことも考えながら、大股で歩くリュウの後から、走るようにしてついていった。

城の入り口では、ずらっと並んだ宦官や宮女が出迎えてくれた。リュウが近づくといっせいに平伏する。シンは何だか申し訳なくて、一人一人に向かい、立っていいですと言いたくなってしまった。リュウは王位に就いてから一年近くしか経《た》っていないというのに、堂々としたものだ。兵を従え、大股で彼らの前を歩いていく。

彼らは決して顔を上げない。どうやらじろじろと竜王の姿を見るのは禁じられているらしい。けれど狼たちがシンの後ろから歩いていくのを見ると、さすがに動揺したのか思わず顔を上げて逃げ腰になっていた。

「親族には、厩舎か裏庭に住まうように伝えてくれ」

いよいよ城に入るとなって、リュウは思い出したように言ってきた。そこでシンは一番懐いている犬のイチに向かって話し掛けた。

「今日から、ここがおれたちの家になるんだよ。いいか、絶対にここの人たちを襲ったら駄目だからね。馬小屋か裏庭に住んでいいそうだ」

「餌は十分にやるから、馬と使用人は食わないように言ってくれ」

「馬と、ここの人たちは食べないで。ご飯はたくさんあげるから」

犬は黙って聞いている。リュウは狼たちにまで公平な王だということを、どうにかして分かってもらいたかったが、通じてはいるようだ。

「近々、また禦空国に向かう。今度は陸路だが、危険は今回より増す。竜妃を護るためにも、今はゆっくり英気を養ってくれ」

狼たちはそれを聞いて納得したのだろうか。すぐにその場を離れて、城の裏手に向かっていった。

「まるで人間の兵のように忠実ですな。あの野獣が、従順な僕《しもべ》となるとは、いや、さすがとしか申し上げようがない」

陽純公が感心したように言ってくる。

「あの者も、竜妃のように獣使いなのでしょうか？」

舜山公が訊いてきたが、それに答えられる者はいなかった。なぜなら空中に飛ばされたリュウ以外に、緑氏の魔力を目の当たりにした者がいなかったからだ。

「どうでしょうな。人を殺すことを厭《いと》わぬような者に、果たして獣が心を開くのかどうか」

陽純公の言葉に納得したのか、舜山公はシンに向かって慰めるように言ってきた。

「では、竜妃は、獣に襲われる心配だけはなくなりましたね」

笑いながら三人の竜王は、慣れた様子で城に入っていく。けれどシンは、ここにきて緊張のあまり足がすくんでしまった。

村が一つ、丸ごと入ってしまいそうな王城だ。中に入ったら迷ってしまい、一生出られなくなりそうだった。

ここはシンのような者が住む世界ではないように思える。生まれつき高貴な身分の者だけに許された、特別の聖域ではないのか。

脳裏に懐かしい草原が思い浮かぶ。あそこに竜王ではなく、ただのリュウと共に今すぐ帰りたかった。

「竜妃、どうなさったのです？」

いつまでもシンが中に入らないので、様子を見るために振り向いた陽純公が驚いていた。

「えっ……？」

「髪も、瞳も黒くなっていますが」

ではは戻ってしまったのだ。ここまで来たのに、力はすべて使い果たしたということなのだろうか。

伸びてきた髪を目の前に引っ張ってきてみると、確かに黒々とした以前の髪に戻っていた。

帰れということなのかと、シンはもう前に進めなくなっている。けれどリュウと離れたくはないから、とんでもないことを口走っていた。

「も、もう、竜妃じゃなくなったみたいです。だったら、あの、料理人の手伝いか、厩舎の係にしてくれませんか」

シンの申し出を笑う者はいない。むしろ呆れかえってしまったようだ。

リュウは怒ったのか、口をへの字にしてシンの側に近寄って来ると、いきなりその体を軽々と肩に担ぎ上げてしまった。

「えっ、やっ、歩けるよ。自分で歩くから」

「黙れ。おまえはここにきて、まだ私を信頼していない」

「そんなことない」

「証拠はその姿だ。山に帰りたいのか？　それでまた元の姿に戻ってるんだな」

ずばり言い当てられて、シンは何も言い返せなかった。

帰りたい、元に戻りたい、そう思うと素直に体は反応してしまった。そうなるとリュウに隠し事をするなんて不可能だ。

「私に対して愛があるのではなかったか？　私はそんなに簡単に、忘れられるような存在なのか？」

畳みかけるように言われて、シンは返す言葉もない。リュウの肩の上に担がれたみっともない姿を晒《さら》しながら、城内の奥まで運ばれていく。

「ゆっくりと時を掛けて、愛情を育てていくような余裕がない。私の頭の中は半分がおまえで、半分が戦で占められている。すべてをおまえだけで占めたかったら、さっさとこの戦を終わらせよう」

「分かってるよ。分かってるけど、いきなりこんな広いところに連れてこられて、竜妃らしく振る舞うなんて無理だ」

「言っただろう？　みんな羊だと思えばいい。建物だって、巨大な家畜小屋だと思えばいいじゃないか。何をびくついている。おまえが恐れないといけないのは、敵の緑氏だけだ」

シンがやっと下ろされたのは、城の中央にあるもっとも広い部屋、王が謁見を行う玉座の間だった。

けれどシンはそんなことも知らない。竜の彫り物で飾られた見事な椅子が二つ、高い場所に置かれているのをただ見ているだけだ。

リュウはシンの手を引き、玉座までの階段を上がる。そして見事に作られた歴史ある玉座を示して、熱く語った。

「おまえのための玉座だ。よく見るといい。竜王の玉座は、ほどよく使われた跡がある。先代も先々代も、同じようにあそこに座られて政務を行った。けれど……竜妃の玉座は、使われた形跡が一つもない」

敷き布はどちらも真新しいが、竜が巻き付くように彫られた肘掛けや、牡丹《ぼたん》と竜で飾られた背もたれの部分が竜王の玉座では擦れていて、いかにも長い年月、使われている様子が見受けられた。

けれど竜妃の玉座は、まさに飾り物のように傷一つない。

「どの竜王も、この玉座は伝説のための飾り物だと思ったようだ。だが、私は竜妃はいると信じていた。戦にならずとも竜妃を探し出すことは許されるのかと悩みながら、出会えるときを夢に見ていたんだ」

「本当に？」

「愚かだと笑いたければ笑えばいい」

そこでリュウは、シンを玉座に座らせる。そしてシンの前に跪き、その手を取って唇を押し当ててきた。そんなことをされると、シンの中にまた疼きが生まれる。すると微かに青い煙が立ち上って、

シンの姿を変えていった。

「でも、望んでいたような竜妃だった？」

リュウが望んでいたのは、もっと美しく、知的で教養のある女だったのではないか。シンを見てがっかりした筈だ。そう思うと、こんな素晴らしい玉座に座るのが憚られる。そんなことを考えたと同時に、またもや青い煙はかき消えてシンの姿は元に戻ってしまった。

「分からない。私たちはお互いに、まだよく相手のことを知らないだろう？　何もかもこれからだ。私は竜妃の望むような竜王になる。竜妃も、私の望むような竜妃になってくれ」

「……それは、そうかもしれないけど」

「おまえの欠点は、その自信のなさだ。そして私の欠点は、自信過剰なところだ。どうする？　どうしたらいい」

思わずシンは笑ってしまった。するとリュウも笑い出す。笑っているとシンの好きなリュウに戻ったようで、嬉しくなってしまう。

「いやはや、竜王はお若いだけに、竜妃を口説くのにもかなりの情熱がおありのようだ。舜山公、我々はそろそろお暇いたしましょうか」

「そうですな。では、竜妃に一つだけ進言いたしましょう。宮中の女たちのほとんどは、竜妃を快く思っておりません。何しろ、この若く、美しく、武勇に優れた竜王の寵愛を、皆、狙っておりましたからな」

舜山公の言葉は、シンのもっとも恐れていたことだった。またもや自信を失いそうになったが、続く言葉がシンを救ってくれた。

「けれどどんなに美しく、知性溢れた者だとしても、竜王の命までは救えません。あなただけが、竜王の命となれるのです。そのことに誇りをお持ちなさい」

「あ、ありがとうございます。わ、私は、何も学んでいないので、貴人のように振る舞うことができません。これからもどうか、私をご指導ください」

二人はそこで礼をすると、静かに目の前から立ち去った。

シンには家族がいないから、父親も祖父も知らない。けれどあの二人が、そんな存在になってくれたらいいのにと思わずにはいられなかった。

「まるで本当の父のようだと思っただろう？　私は陽純公の私塾で学んだから、陽純公は師でもある。私の本当の父は武人で、この国の将軍の一人だ。もっとがさつで、雅な言葉なんてまったく知らない。いつも争い事のある場所に出向き、悪党どもを退治して喜んでいる」

初めてシンは、リュウの家族のことを聞いた。きっとこれまでは、家族のいないシンに遠慮して話さなかったのだろう。

「父に会っても、今は子供の顔になれない。あくまでも私は竜王だから、王と臣下の立場でしか会えないんだ」

「そんな……」

「竜王でいる間は、それが決まりだ。今の私の家族と呼べるのは竜妃だけなんだ。だから、どうか優しくしてくれ」

「もちろんだよ」

すぐにシンは玉座から立ち上がり、リュウを立たせて抱き付いた。そのまま自然に唇が重なる。するとまたもやシンの体は、青く輝きだした。

「これで分かった。青くなっているのは、私への想いが高まった印だ。いつもこうして青い姿でいてくれ」

「自信無くしてばかりでごめんなさい。だけど、あの小屋覚えてるだろ？　あそこから、いきなりこんな所に連れてこられて、堂々としていられないよ。そこを分かって欲しい」

「そうだな。私も竜王となって、初めてここで暮らすようになった頃は、よく迷子になった」

それは意外だったので、シンは思わず目を丸くしてしまった。

「リュウが？　迷子になったって？」

「迷子になって、宦官や女官にいつも笑われていた。それが今は、もう迷うこともない。大丈夫だ、いずれここにも慣れる」

「慣れるのかな」

「だが、慣れた頃にはここでの生活も終わる。いずれ私も退位して、ただの……武官、元竜王になるが、それでも竜妃は変わらずに側にいてくれるだろうか？」

「いるに決まってる。今更おれにどこに行けって言うの？　もう、帰るところもないのに」

かといって、ここは新居と呼ぶにはあまりにも広すぎる。それこそ迷子にならないように、しっかりと内部を覚える必要があった。

「城中で迷子になるのはいいが、心まで迷子になってはいけない。帰る場所は、いつでも私のところだ。それを忘れるな」

「うん……もう迷わない」

シンはリュウに強く抱き付くと目を閉じた。

巨大な城中に目を奪われてしまったが、一番大切なものを見失ってはいけないだろう。シンが見ていなければいけないのは、リュウの姿だけだ。小屋にいたときと同じように、リュウだけを見つめていればいい。

そうすれば萎縮しなくてすむ。何しろあの頃のリュウは、シンがいなければ何一つできなかったのだから。

湯浴みの後に、つるつるした絹の衣を着せられた。そして髪も綺麗に整えられ、宝玉に飾られた腕輪や首飾りまで付けさせられて、シンは宮中の人々から挨拶を受けることとなった。

玉座にリュウと並んで座り、次々と訪れる人々に挨拶する。それが終わると、玉座の間の隣にある広間で皆との会食になった。

会食の間、それとなくシンに話し掛けてくる人が何人もいる。誰もが竜妃の奇跡を目の当たりにしたわけではないから、竜妃と言われても半信半疑なのだろう。

ところがその疑念も、会食が進むうちに薄らいでいった。シンにとっては初めて会う人たちなのに、その名前と役職を、一度も違えず口にして、きちんと応対していたからだ。

話し方はぎこちない。時折、庶民の話し方にもなった。けれどもこれだけ大勢の人たちから、ほとんど刻を置かずに様々なことを聞かれても、シンは相手の名を間違えずに正確に答えられる。

そうして会話が進むうちに、人々はやはりこの若者は、竜妃と呼ばれるのに相応しいと納得したようだ。

会食が終わり、広間からまず竜妃が先に退室となってほっとしたと同時に、疲労からなのかまた元の姿に戻りつつあるのをシンは感じた。

「緊張しても、髪が青くなるんだね。そして疲れてほっとすると、元に戻るんだ」

長い廊下を、梅里と桜里によって寝所まで案内されながら、シンは思わず呟く。

「驚きました。あんなに大勢の貴人の名前を、竜妃様、一度も間違われませんでしたね？」

桜里が不思議そうに言ってくる。

「どうして？　そんなに難しいことじゃないだろ？　だって、羊を覚えるのと同じじゃないか。顔は違うし、着ているものだって違う。羊よりずっと簡単さ」

「では、竜妃様は飼っていた羊を、全部見分けられたのですか？」

「もちろんだよ。羊の親や兄弟の親戚関係もすべて覚えているよ」

そんなことがどうして不思議なのだろう。それよりこの広大な城内を、迷わずに進める二人のほうが凄く思えてしまう。

城内の配置を覚えようとしても、そう簡単にはいかない。もっと単純にすればいいのにと誰でも思うだろうが、万が一敵が来襲したときには、この複雑な迷路のような廊下が大勢の命を救ってくれるのだ。

「竜妃様、どうか、お怒りにならないでくださいね」

梅里が心配そうに言ってくる。こんなに厚遇されているのに、いったい何を怒るというのだ。シンが不思議そうな顔をして小首を傾けると、梅里はため息を吐いた。

「竜王様の指示なので、仕方なくしたことです。本当なら、もっと豪華で竜妃様に相応しい寝所に、ご案内したかったのですが」

「なんだ、そんなことか。それなら気にしなくていいよ。元は小さな小屋に住んでたんだ。村の建物全部合わせたって、この城より小さいぐらいかもしれない」

湯浴みや着替えをした部屋の隣が、竜妃の居室らしい。そこで竜妃は、一人で過ごすことになるという。それはおかしいと思ったが、どこの国でも后というものは、そうして暮らすのだと言われてしまった。

けれどそれだけはどうしても納得できない。リュウの側にいなければ、何のためにここまで来たのか分からなくなってしまう。

あんな部屋には住みたくない。どんなに広くて、豪華でも、一人で居なくてはならない部屋なんてシンには意味がなかった。それよりリュウに頼んで、厩舎の近くに小さな小屋を建ててもらうというのはどうだろう。もちろんそこには、リュウにも居てほしい。毎日でなくたっていい。それでも、帰って来てくれるのだと思えば、待っていられる。戦の間はどこで暮らしても構わないが、また平和になったらリュウに頼んでみようと思った。

「こちらが……寝所になります」

梅里と桜里は、本当に申し訳なさそうに頭を下げる。

扉が開かれたが、中はかなり狭いというのだけはよく分かった。窓はあって、夜だというのに大きく開け放たれている。そこから森林と海の匂いがないまぜになった風が、絶え間なく吹き込んでいた。

中に入ると、そこには獣の毛皮が敷き詰めてある。熊が数頭分、さらにはシンが実物を見たこともない異国の獣、縞《しま》や斑紋のある虎や豹《ひょう》の毛皮もあった。

「凄いね。これは誰かが狩ったの？」

「代々の竜王様が仕留めた、人々を襲った獣たちです」

「大きな熊だ」

シンは床に座り込み、早速それぞれの毛皮を撫で始めた。

「熊が村にやってきたことがあるんだ。それで村長と若い男たちで狩っていた。毛皮は、ついこの間まで、村長の家に飾ってあったけど」

村長自慢の毛皮もろとも、その家も燃えてしまった。

シンは、燃えさかる村の情景を思い出して項垂れる。自分のせいで、犠牲になった村人たち。刻を戻せるものなら、彼らをすべて助けてあげたかった。

「竜妃様、やはりこのような寝所では、ご不満ですよね」

暗い顔になってしまったからだろう。梅里が今にも泣きそうな声で言ってくる。

「違うよ。村のことを思い出して、悲しくなっただけ。ここはとても気に入ったよ」

窓に近づくと、深い森なのだろう、黒々とした木々が見えた。さらに遠くに目を向けると、今は黒くしか見えないが、海があるようだ。

「海だよね？　朝になったら、あそこに海が見えるんだろ？」

「はい……ですが、同じような眺めは、竜王様の寝所からも見えます」

「竜王はよく分かってるんだよ。おれがやたら広いところだと、落ち着けないって。ここは落ち着く、おれにとっていい寝所だ」

二人はそれを聞いて納得したのか、早速シンをまた着替えさせようとし始めた。どうやらつるつるの寝間着を着せたいらしい。

どうにも絹は苦手だ。次からは、麻のごわごわしたものか、せめて綿のものにして欲しいと、頼むしかなさそうだ。

「寝台もないなんて……竜妃様がお気の毒です」

まだ桜里は納得していないのか、着替えの合間に文句を言っている。そう言われてみれば、床に綺麗な布で作られた枕が多数と、羽毛を入れたふわふわの肌掛けがあるだけで、寝所だというのに肝心の寝台がなかった。

けれど野営の間は、天幕の下は地面で、そこに敷物だけで眠っていた。小屋にいた頃も、寝台といっても木の板を打ち付けただけの粗末なもので、床で寝ているのと大差ない。そんな暮らしに慣れているシンには、二人がどうしてそんなに悲しがるのかが分からなかった。

そこに足音も荒く、リュウがやってきた。

「会議は明日だっていうのに、どうして長老や文官共は、場や刻を選ばずに、くどくどと同じような話をしたがるんだろう。いい加減、迷惑だと気付かないのかな」

リュウの着替えを手伝うのは、シンの役目だ。だからシンは、それとなく二人に部屋を出て行くようにと示した。すると桜里が、たまりかねたように言い出した。

「竜王様、本当にここが寝所でよろしいのですか？　元は、物置ですが」

「ああ、構わない」

「あんなに素晴らしい寝所がございますのに」

「だったら、おまえたちで好きに使え」

「そんな、滅相もないことでございます」

二人はそこで渋々と下がる。何しろ狭い部屋だ。二人でいるのが限界だった。

扉が閉められるとますます部屋は狭く感じられ、より親密な空間になった。

「凄い毛皮だね」

シンは床に座り、熊の毛を撫でてうっとりと目を細める。

「羊の毛皮だと言ったんだがな」

リュウは気に入らないのか、憮然とした表情だった。

「何で、熊や虎なんだ？　これじゃ意味がない」

「えっ？　どうして？　こんなの初めてで楽しいよ」

シンは立ち上がり、早速リュウの着替えを手伝おうとした。するとリュウは、自分の手で乱暴に帯を解き始めた。

「羊の毛皮じゃなきゃ駄目なんだ。竜妃に、あそこにいたのと同じ思いで眠って欲しかった」

つまりリュウは、シンが一番長く過ごしたあの小屋と同じようにして、眠らせてあげようとしてくれていたのだ。

「ありがとう……嬉しいよ。羊の毛皮はそんなに高級じゃないから、竜王には相応しくないって思われたのかな。それともなければ、本当に城内にある毛皮は、これだけだったのかもしれないよ」

「逆だ。この辺りでは、羊の毛皮は高級品だ。だから急遽《きゅうきょ》用意しろと命じても、手に入らなかったんだろう。代わりに歴代の竜王が狩った獣たちを持ってきたようだが、竜妃が喜んでくれたなら、それでいいということにしよう」

そこでリュウはシンを引き寄せ、着せられたばかりの絹の寝間着を剥いでしまった。そして毛皮の敷かれた床に、ゆっくりと二人で横たわる。

この狭さはちょうどいい。なんだか獣が作った穴蔵の巣のようで、シンはリュウに抱かれながらも思わず周囲を見回していた。

外すのを忘れたのだろうか。壁に古びた羽飾りがぶら下がっている。それが風を受けて微かに揺れていた。

耳を澄ますと、微かに波の音が聞こえてくる。思っていたよりも海は近いのかもしれない。

「海風が入ってくる。なんでかな、海を感じると心が波立つんだ。海から遠い山間で育ったのにね」

「精霊は海から来て、海に還ったそうだ」

「それじゃ精霊の故郷は海？　だから、あのとき、おれの周りに海が生まれるのかな」

「そうかもしれない。すべての生き物は、かつては海に棲んでいたということだが、どうやって息をしていたんだろうな？　教えてくれ」

その質問には答えようがない。シンは精霊の申し子かもしれないが、精霊については何も知らないのだから。

「こうやって、息を渡し合っていたのかな。だから人は、今でもこんなことをしたがるんだろうか」

そう言うとリュウは自然な感じで唇を重ねてきた。するとただちにシンの周囲に、青い海が広がっていた。

「あっ……」

「好きなだけ浮き上がってもいいぞ。そのための狭い部屋だ」

笑いながらリュウは、さらに熱く唇を重ねてくる。

肌に直接触れるふわふわした毛皮、窓から入り込む海風、それだけでも最高に気持ちがいいのに、そこにリュウの情熱が加わった。

「これで息を渡し合うなんて嘘だ。これじゃ……息が出来ないよ」

「そうだな。吸われるばかりじゃ苦しいか？」

「んっ……んん」

「苦しくないだろ。どんどん青くなっている」

好きなだけ自分を解放したら、いったいどうなるのだろう。不安はあったけれど、シンは思うまま快感に身を委ねることにした。

「浮いてもいいが、窓から飛び出さないでくれ。外は……森で、その先は海だ」

「海までなら……飛んでいってみたい」

「今は駄目だ。今は……二人のための刻なんだから」

リュウはゆっくりと体をずらしていって、シンのものを口に含む。するとシンの体の中に、激しい波が生まれるのが感じられた。

「あっ！」

「おまえのものを吸うと、命が満たされる気がする。だから何度果てても、また次がしたくなるんだ。永遠にこうして抱き合っていられるくらいに」

「だったら、もっと……吸って。もっと、もっと強く吸って。ずっと、ここで、こうしていられるように」

いつからそんな欲深になったのだろうか。今日からか、それともリュウを拾ったあの日からか。

情熱はふつふつと湧いてきて、シンの体の周囲はますます青くなっていく。それにつられて、シンは重さを失っていった。

「浮きそう……ううん……沈むのかな」

深い海で泳ぐのは、どんな気持ちなのだろう。こんなふうに少し息苦しく、心臓がどきどきしている感じだろうか。そして全身から重さがなくなり、あちらこちらと浮いて流れていくのだ。

「んっ……んん……いい気持ちだよ。海を泳いでるのか、空を飛んでる感じ」

シンの中に、命の元が溢れてきた。それはそのまま、たまらない快感の波に乗って、リュウの中に流れていく。

「ああ……みんな、リュウに向かって流れていく」

ふわりと浮きそうになる体を、リュウはしっかりと押さえつけ、今度はシンの中に入ってこようとしていた。

「触ってみてくれ。こんなことになってる」

シンの手が、リュウのものに導かれる。握ってみたら熱くて、シンは驚いた。

「熱くなってる」

「中で命が溢れてるんだ。受け取ってくれ」

「んっ……うん」

痛みはない。ただ、そこに溢れるような快感があるだけだ。

「ああ……リュウの命だね。熱い……熱くて、とっても強い」

中に吐き出すために、シンは動き始める。その動きを助けるように、シンの体も自然に動いた。

「ねっ、気持ちいいのはおれだけ？　リュウは、楽しい？」

「気持ちいい？　そんな言葉で言い表せない。竜妃の体は、重さがないだけじゃない。中は、熱くて、柔らかくて、吸い込まれるみたいだ」

リュウが低く呟く。その顔は苦しそうで、シンは思わず両手でそっと包むようにしてしまった。

「辛いの？」

「んっ……最高にいいとき、こんな苦しげな顔になるもんなんだ」

「最高にいい？」

「ああ、最高にいい……」

その言葉を聞いただけで、シンもまた喜びを増す。より強くその部分で締め付けて、リュウの命を吸い取ろうとしていた。

こうして二人して、命のやりとりをいつまでも続けていたかった。

けれど人であるリュウには、休むことが必要だ。分かっているのに、二人とも欲望に正直だ。いつの間にか果てたのに、まだこれが最初のような勢いで、しっかり抱き合って体を繋げている。

情熱をもたらすものが愛情だということは、シンにはまだ分かっていない。欲望を越えるものが愛だと、いつか自然と学ぶことになるのだろう。

禦空国の鳳凰城の奥深くに、皇帝の寝所はある。辿り着くまで、城内の何カ所もの関門を通らねばならない。後宮の女たちでさえ、自由に出入りすることを許されていなかった。

それなのに緑氏は誰に咎《とが》められることなく奥へと進む。衛兵はただ頭《こうべ》を垂れて、行き過ぎる緑氏を見送った。

「皇帝陛下……今宵もご健勝なること、お喜び申し上げます」

入り口でそう言いながら平伏していると、奥から微かな声が聞こえた。

「おう、緑氏か。待ちわびたぞ」

ついに辿り着いた寝所には、巨大な寝台が置かれている。鳳凰の刺繍の施された布団が敷き詰められていて、そこに白絹の寝間着を纏った皇帝が、たった一人で横たわっていた。長煙管を口にして、けだるげに紫煙を吐き出している。

男の盛りといえる年齢に差し掛かっているのに、皇帝には全くといっていいほど覇気がない。かといって、悟りを開いた聖人のような、穏やかで落ち着いた雰囲気もなかった。

緑氏は寝所の灯火をほとんど消す。入り口近くの燭台《しょくだい》のみが、唯一の灯りだ。催淫効果のある香に火を点け焚《た》いたので、立ち上る煙が微かな光を受けて白く渦巻いていた。

本来ならお伽役の宦官が、皇帝の寝所の様子を一晩中監視することになっている。伽の相手との交合が何回か、きっちりと調べるためだ。いずれ懐妊した場合に、伽の記録は重要な意味を持つことになる。

けれど緑氏が相手の場合は、その必要はなかった。だから入り口の衛兵を除いて、寝所には近づけさせない。中でどんなことが行われているのか、誰も知らなかった。

「ああ、緑氏、どうしたらいい。竜王が自国の都に戻ったというではないか。今頃、余のことをあしざまに罵り、討伐のために軍の準備をさせているのであろう」

寝台の上で震えている皇帝を、赤子をあやす母のように抱き締めながら、緑氏は力強く慰める。

「恐れることはありません。竜王の軍がどんなに強くても、我らにはそれを十倍上回る兵力がございます」

「負けぬだろうな？　我が兵は、勇猛果敢に戦うのであろう？」

「もちろんです。皆、帝のために命を投げ出す覚悟でおりますから」

そんな保証はどこにもない。軍人たちは初めての戦いに燃えてはいるだろうが、実戦経験など皆無のお飾り軍隊だ。歴戦の勇者である竜王の軍に、いいように蹴散らされるのは目に見えている。

それでもいいのだ。緑氏が戦場で見たいのは、竜王と竜妃が組んで、必死に戦い傷つく姿なのだから。

それにしても暗殺に失敗したのは痛手だった。まさか竜妃にあれだけの力が宿っているとは、緑氏にも予測できなかったのだ。

緑氏は自分に特別の力があると気付いてから、自由に力を使えるようになるのに、四十年近く掛かっている。なのに今の竜妃は、竜王と知り合ったばかりなのに、もう危険を察知し、敵を飛ばすだけの魔力を身に付けていた。

竜王に愛されているからだろうか。だとしたら、二人を引き合わせてしまったことが、すでに大きな失敗だったのだ。

もっと早くに竜妃を消しておくべきだったが、竜妃の出生地を予測するには、代々の竜王に受け継がれている古文書を読み解かねばならない。その古文書は門外不出で、竜王国に大切に保管されていた。

竜王国への侵略が叶ったら、緑氏は真っ先にその古文書を焼き払おうと思っている。そうすればこの先何人の竜妃が生まれても、何人の竜王が再び現れ支配しようとも、特別な力を得ることはなくなるからだ。

「怖くてたまらぬ。緑氏、何もかも忘れさせてくれ」

縋り付く皇帝の体を、緑氏は巧みに愛撫《あいぶ》していく。

適当に夢を見させておくこともできるが、今夜は徹底的に満足させてやったほうがよさそうだ。そうしないと恐怖心から、緑氏への信頼感が薄らぐ可能性がある。

「どうか、お心安くいられますように」

そう囁きながら、今度は皇帝の体に唇を這わせていった。

「ああ、そうだ。緑氏、余を楽しませろ。ああ、何もかも、忘れさせてくれ」

齢三十になったばかりの帝は、二十五のときに即位した。以来、自身の後宮を持ったが、生まれた嫡出子は皇子が二人に皇女が二人のみだ。後宮を持ちながら、その数は少ないといえるだろう。

もともと虚弱な体質だったのもあるが、ここ二年、側近として仕えていた緑氏との関係を深め、結果、女たちを寝所に呼ぶことがなくなったからだ。

「さぁ、目を閉じて、すべての雑念を捨て去りましょう」

絹の細い帯で、緑氏は帝の目を覆ってしまう。万が一、途中で術を使う力が失《う》せても、これならどうにかごまかせるからだ。

緑氏はふわふわした駝鳥《だちょう》の羽を手にして、帝の体を撫で回す。それだけでもう帝は性器を屹立させ、身を捩《よじ》って悶《もだ》えた。

羽でこすったあとを、舌で清める。そうしている間も、指は性器を優しく撫で回していた。その指先には、きらきら光る粉が塗られている。特製の媚薬《びやく》だった。

媚薬を用いれば過度の快感を得られるが、その分命は縮む。帝は恐らくそう長くは生きられず、世継ぎを生んだ后を喜ばせることだろう。

「ううん、ああ、たまらぬ。ああ、もう」

「まだ、駄目です。そんなに急がれては……楽しみがすぐに終わってしまいますよ」

「緑氏、ああ、緑氏。そなただけだ。そなただけが、余の本当の味方だ。女どもは信用できない。あやつらが欲しいのは、玉座だけだ」

「そのような悲しいことをおっしゃいますな。皆、帝のご寵愛が欲しいだけです」

「そんなものはいらぬ。緑氏、おまえだけが側にいてくれればよい」

甲高い子供のような泣き声で、皇帝は訴える。それを聞いている緑氏の目には、悲しみしかなかった。

こんな男の寵愛なんて欲しくない。本当に欲しかったのはあの男だけだと、緑氏は目を閉じ、遠い昔に見た美しい男の姿を瞼の裏に思い浮かべる。

あれはかなり前の皇帝が即位したときだった。祝賀のために訪れた竜王国一行の中に、白馬に跨った絶世の美男がいた。それが即位したばかりの竜王で、自分があの男の后になる筈だったのだ。

運命はおかしい。どうして竜妃になるべく生まれたのに、赤子のとき神殿の前に捨てられていたのか。金持ちの里親に育てられはしたが、気が付けばその家の奴隷状態で、しまいには人の心を読むと気味悪がられて捨てられた。

そんな緑氏を拾ってくれたのが、不思議な力を持つ老女の魔導師だった。

老いた魔導師は緑氏を育ててくれ、いろいろと不思議な技を教えてくれた。それだけでなく、どうして自分たちのような、特別な力を持つ者がいるのかも教えてくれたのだ。

人から忌み嫌われるこの力が、実は竜王のためにあったものだと知った。本来は女の形で生まれるらしく、男の形で生まれることは珍しいらしい。けれどそれが本当かどうかは、緑氏にも分からなかった。何しろその話をしてくれた魔導師だって、自分と同じように、竜妃になることもなかった者から伝え聞いたというだけなのだから。

竜妃になりたい。自分はそのために生まれたのだから。そう願う緑氏は、ついに自分の竜王を見つけてしまった。気高く美しい竜王。あの竜王の傍らで、竜妃という特別の存在になる。それは何と栄誉なことだろう。

残念ながら竜王は、自分の竜妃がそこにいることに気付かぬまま帰国してしまった。だから緑氏は待った。竜王の使いが、自分を迎えに来ることを信じて待ち続けた。けれど戦乱は起こらず、緑氏は竜王に求められることもなく、気が付けば美しい竜王も壮年の男となり、ついには退位してしまった。

新しい竜王が即位したが、そうなると竜妃候補も変わる。緑氏はもうお役ご免となったのだ。すべては終わった。夢見ていたような奇跡は起こらず、竜妃と呼ばれることはない。しかも時は残酷だから、緑氏にも人生の黄昏《たそがれ》が近づいていた。あの美しい竜王にもっとも相応しいと思われた美貌は衰え、魔力に頼らねば美しさを維持できなくなっていたのだ。

緑氏は作り物の男性器を手に取る。中指に嵌《は》めるように作られたもので、後宮の女たちが使用するために用意されているものだ。それを帝の体内に埋め込み、巧みに蠢《うごめ》かすと、すぐに啜《すす》り泣きが始まった。

「ああ、もうたまらぬ。緑氏、そなたが宦官なのが、実に残念だ。一度でいいから、そなたのもので、こんな、ううう、ああ、気持ちのよさを、あっ、あああっ、あああっ」

「帝さえ喜んでくださるなら、それがなによりです」

すぐに果てないように、根元をきつく押さえて、さらに執拗に中指を蠢かす。どこをどう攻めていけばいいのか、緑氏の指は熟知していた。

どんなふうに気持ちがいいものなのだろうか。緑氏はこれまで一度も、自身の体で快感を味わったことがない。精を零すこともなく、快感を望んで疼きに耐えることもなかった。

望んで宦官のような体になったわけではない。男でも女でもない、いや、人ですらない不思議な生き物、それが自分なのだと思うとやはり悲しい。

そしてそんな運命を与えた竜王と精霊を、緑氏は憎んだのだ。

「帝、私のような者を愛してくださるなら、この私のために、竜王国を滅ぼしてください」

「う、うむ、うむ、ああ、何でも、望みは叶えてやるから……」

「竜王と竜妃の首が欲しいのです。それさえあれば、もう私たちを阻むものはありません。近隣諸国をすべて手に入れ、我が国を最強とするのです」

「ああ、あああ……ああ、わかった、わかったから、緑氏、助けてくれ。もう、もう、ああ」

心を繰るのに、寝所はもっとも相応しい場所だ。ここで交わされた約束は、正気に戻っても忘れることはない。心の奥深くに巣くって、いずれ実現される。

竜王と巡り会った竜妃は、どれだけの力を身に付けているのだろう。緑氏の放った刺客を、あっさりと撃退したからには、かなりの強さだろう。だがどんなに強くても、結局は自分の敵ではないと緑氏は思っている。

緑氏がこうして愚かな皇帝をけしかけて、開戦に持ち込もうと努力したからこそ、竜王と巡り会えたのだ。死ぬ前でもいいから、竜妃にはぜひ感謝してもらいたいものだった。

「では、帝。私に兵をお与えください」

「んっ、んんんっ、んんっ……ああ、何万でも与える、与えるから、あっ、ああ」

男を相手にするのは、緑氏が初めての皇帝だ。最初の頃は、緑氏を女のようにして抱いていた。けれど気が付いたら、すっかり緑氏に寝所での指導権を握られ、今では女相手では交合のできない体になっていた。

宦官として宮中に入ったのも、皇帝の寵愛を手に入れたのも、すべて竜王への復讐のためだ。そしてその企みは、ここ禦空国までも滅ぼしてしまいそうだったが、緑氏にとってはどうでもいいことだ。

ありがたいことに、魔力は緑氏を長生きさせてくれている。このままいけば、今の竜王と竜妃の死と、竜王国の崩壊まで見られそうで楽しみだった。

戦の準備が進んでいる。騎馬兵が連日訓練しているが、竜王も率先して彼らに混じっていた。その様子を見学しながら、合間にシンは武術の手ほどきを受けていた。

「初めてとはとても思えません。竜妃様は筋がよろしい」

いつもは無表情な教官が、相好を崩して褒め称えている。

弓の訓練では、自分でも思ってもいなかった好成績が出せた。今も教官に指示されたとおりに、掛け声に合わせて動く標的を射たが、外したものは一つもなかった。どうやら竜妃の力を得たことで、これまではなかった能力がどんどん育っているらしい。

「弓矢は体力的に劣っているものにとっては、最良の武器となります。痛手を負わせて相手の動きを封じれば、御身を護ることも容易くなりましょう」

「ありがとう。ご指導のおかげです」

梅里と桜里に教えられたおかげで、緊張せずに貴人らしく喋ることができるようになってきた。もう誰もシンのことを、羊番のようには扱わない。それに応えて、シンも生まれつきの貴人のように振る舞っていた。

「兎を放ちましょう。射てください」

「……兎ですか」

やはり生き物相手だと、途惑ってしまう。すると教官は、シンの背後を示して言った。

「臣下の皆様が、空腹のご様子です。お優しい竜妃様としては、命の軽重で悩まれることと思いますが、天の決められた定めでございますから」

シンは思わず振り返る。するとそこには狼たちが座り込んでいて、じっとシンの様子を観察していた。言葉なんて分からない筈なのに、狼たちは兎なら喜んで食うぞと、それとなく訴えてくる。

「お慈悲の心がおありなら、苦しませずに一矢で射抜くことです」

「分かりました」

これは戦いの前にしておく、大切な心の準備だ。命の軽重に拘るばかりに、敵を前にして臆してはいけない。そんなことをしていたら、リュウの命を護れなくなってしまう。

刺客によって学んだ筈だ。敵は本気で殺しにくるのだと。一瞬でも躊躇えば、それによって自分たちの身が危険になる。

「では、放ってください」

シンの声掛けで、大きな籠に入っていた兎たちが、教練場の敷地内に放たれる。それをシンは次々に射た。一発も外さずに、すべて射たのを見た教官は、ますます驚いた様子で声を震わせていた。

「初めてとおっしゃいましたが、あれは私たちに対するご配慮からですか？」

「いいえ、そんなことはありません。本当に初めてです」

「だとしたら、まさに我らが守り神……」

教官に深々と頭を下げられたシンは気まずくなり、急いで矢を抜きに教練場の敷地内に入った。次々と矢を抜いていくと、その後を狼たちはついてくる。

「兎の命が、君らの命になる。感謝していただくように」

言われた狼は、意味が分かったかのように頷きながら、早速射られた兎を口に咥《くわ》えて、教練場の外に運んでいった。他の狼もそれを真似て、シンが矢を抜いた後の兎を咥えて出て行く。

リュウは狼たちを狼隊と名付け、頭の狼に狼将軍の名を与えた。名誉ある将軍の名を貰ったことを、はたして狼たちは理解しているだろうか。それよりもシンは、戦地にまた狼を伴っていって、その命を危険に晒すのが辛かった。

いっそ戦にならなければいい。戦のために竜妃の存在があるとしても、自分が呼ばれたことが間違いになって欲しい。

シンは昨夜の陽純公と舜山公との会食を思い出し、深いため息を吐いてしまった。

夕餉《ゆうげ》にはいつも豪華な海の幸が並ぶ。生まれて初めて食べるものが多くて、シンにとっては喜びは多かった。今夜もお気に入りの海老が出てきて、シンは子供のように喜んだが、同席していた陽純公の申し出に、料理を口に運ぶ手は止まってしまった。

「竜王、私を停戦のための特使として、禦空国へお送りください」

陽純公にとっては、熟慮の結果出てきた言葉なのだろう。けれどリュウにとっても、それは驚きの発言だった。

「陽純公、それは死にに行くようなものです」

国境付近では、禦空国を逃げ出してきた民の数が日に日に増えていた。戦のためと言って食料や馬、それに金属などを奪っていくだけでなく、若い男たちを徴兵し始めたからだ。

逆らえば殺される。それは長年平和を貪ってきた民にとって、信じられない蛮行に思えただろう。けれど皇帝に対して反旗を翻すような勇者はいない。彼らにできる抵抗といったら、隣国に逃げ出すことだけだった。

「緑氏がすべての元凶でしょう。その緑氏が、竜妃になれなかった者だとしたら、責任の一端は私にもあります」

陽純公の言葉にリュウは狼狽えている。シンと共に出したそんな推測を口にしたばかりに、陽純公は自分の不始末だったと責められたように感じたのだろうか。

「確かなことで言ったのではありません。推測の域を出ておりませんから」

「いや、竜王。あれから何度も考えているうちに、気になることを思い出したのです。あれは、禦空国の先代皇帝の戴冠式でした。帰るときになって、馬上の私をずっと追いかけてくる若者の姿があったのです」

遠い日のことを思い出すように、陽純公は目を閉じて語る。そこにはその若者の様子が、はっきりと見えているのだろうか。

「今の竜妃を見ていて気付きました。その若者の髪も、微かに青く見えました。とても美しい若者で、何か言いたげにしていたのです。けれどそのときの私は、竜妃のことなど全く念頭にありません。そのうえ、当時から特別の仲だった、幼なじみの近衛兵の手前、他の若者に惹かれた様子など見せるのも憚られ、しまいには無視したのです」

緑氏は自分の運命をすでに知っていて、当時の竜王だった陽純公に、自ら近づいていったというのか。

そして無視された。

それが緑氏を、禦空国との戦にまで駆り立てたとしたらどうだろう。

「たかがそんなことで、戦まで企てますかな?」

舜山公も少々気まずげだ。陽純公と同じように、自分も幼なじみと結ばれて、秘密の家庭を持っていたのだから。

「どうでしょう……。我々は満たされて育ちました。愛することも、愛されることも知っている。けれど竜妃になるべく生まれたせいで、それらを手に入れられなかったとしたら」

そこで陽純公は、意見を求めるようにじっとシンを見つめてきた。

「分かるような気もします。私には、護るべき羊たちがいました。家族同様に羊を愛していたし、何かあったときには護ってくれる狼もいました。でも、それらがいなかったら……そして、もっと村人に冷遇されていたら……私にも残酷な気持ちは生まれていたかもしれません」

正直な気持ちだったが、口にした後で思わずリュウを見てしまう。シンの本心を不愉快に感じてはいないだろうか。

「竜妃になって、生活も大きく変わりました。こんなに厚遇されるなんて知らなくて、今はまるで別世界に来たみたいです」

目の前にある料理を見ていると、自分で調理していた貧しい食卓を思い出す。けれどシンは、慎ましい暮らしに不満はなかった。それは最初から山間の小さな村で暮らしていたから、贅沢な暮らしなど知らなかったせいかもしれない。

緑氏がこの都のような所で暮らしていたとしたら、貧しくて虐げられた生活には、決して満足できなかった筈だ。自分も豪奢《ごうしゃ》な暮らしをしてみたいと思っただろう。

「竜王に愛されて、私は……本当に幸せです。不謹慎にも、竜王に巡り会えて、大きな戦になりそうなことを感謝してしまいました」

シンの言葉に、陽純公は大きく頷いた。

「つまり……我々は長い間、何人もの竜妃を放置し続けてきたというのが、これではっきりしたのです。精霊がいなくなってしまってからは、竜妃を護れるものは我々しかいなかったのに、捜しだし、保護することをしませんでした。その責任を取る意味でも、私を禦空国へ特使として派遣してください」

リュウは押し黙る。実の祖父のように慕っている陽純公を、わざわざ敵地に送り出すのはあまりにも惨く思えるからだ。

「緑氏は、決して陽純公を無事に帰しはしないでしょう。恐らく、一番恨んでいるのは陽純公の筈ですから」

舜山公も心配そうに言っている。

「だからですよ。恨まれているからこそ、私が行く必要があるんです。なに、命を奪われたところで、どうということもありません。もう十分に生きました。今生では竜妃にも会えたし、冥界で待っている者もおります」

大らかに言われてしまい、リュウもシンも止めようがなくなった。

「では、私が警護に就きましょう」

舜山公の提案に、陽純公は即座に首を横に振った。

「いいえ、いけません。もし舜山公に何かあったら、この若い竜王を導く者がいなくなってしまいます。私が声を掛ければ、共に冥界に旅立ってもいいという、奇特な年寄りは大勢おりますでしょう。そんな連中とまいりますから」

そこで軽やかに笑われてしまい、舜山公も言葉を失った。

「今は皇帝に寵愛されているようですが、それでも緑氏は満足しないのでしょうか？」

リュウの問いかけに、陽純公は頷く。

「何もかも手に入れたからこそですよ。手に入らなかったものには執着が生まれます。望む形で手に入らないのなら、いっそ何もかも壊してしまいたいと、思いは歪《ゆが》んだのでしょう」

「そうか……竜王のいる国ごと、無くしてしまえと思ったのですね」

リュウは納得したようだが、シンにはどうしてもそこまでの執着というものが理解できなかった。


今朝、陽純公は数人の老兵を伴って旅立った。共に行きたかったが、それは許されないことだ。うまくすれば戦を避けられるが、悪くすれば特使はその場で殺される。シンには敵中で、陽純公たちを助けられるほどの力はまだなかった。

弓矢を手にしたシンは、戦うということの意味を考える。陽純公のように、武器を持たずに言葉だけで戦う者もいるのだ。陽純公の真摯な言葉を、果たして緑氏は聞き入れてくれるのだろうか。

「何でも、神業のように矢を射る者がいるらしいが」

突然、背後からリュウの声がした。

どうやら機嫌が悪いらしい。武術に秀でたリュウとしては、初めて弓矢を手にして、驚異的な的中率を示したシンに対して、思いは複雑なようだ。

「たまたま……上手くいっただけ」

「正直な竜妃らしくない嘘だな」

そこでリュウは自分の弓矢を用意させ、教官に向かって告げた。

「鳥の用意を」

教官は急いで狩り番にその言葉を伝える。すると大きな籠が運ばれてきた。

「今夜は雉《きじ》料理だ。また羽を毟《むし》るか？」

「お望みなら。ついでに焼かせてくれない？　ここの料理はおいしいけど、鳥は少し焼きすぎ。油が全部落ちて、ぱさぱさになってる」

「うーん、そうか。では、この鳥は竜妃に焼いて貰おう」

リュウは矢を番える。どうやら走る兎を見事に射貫いたシンに対抗して、飛ぶ鳥を落として見せたいらしい。

シンは子供の頃から、人と競うなどしたことがなかった。なので勝ち負けに拘る、リュウの少し子供っぽいところに触れると、シンは途惑ってしまう。勝ってもいいのか、それとも負けておかないといけないのか、そこの駆け引きが難しい。

けれどシンという存在をきちんと認めて、対等に張り合おうとしてくれるのは、無視されるより何倍も嬉しいことだった。

熱い想いを込めて竜王を見つめていた緑氏は、無視されたことでかなり傷ついただろう。そこまでは分かるが、その後がやはりシンには分からないままだ。

「よしっ！　放てっ！」

籠の蓋が開かれると、中に閉じこめられていた鳥たちがいっせいに飛び立った。それをリュウは、巧みに射貫いていく。

「狼将軍、落ちた鳥を集めてきてくれ」

そう命じながら、リュウは次々と矢を放っていく。すべて射貫いたかに見えたが、一羽だけ外れて飛んでいってしまった。それを見て悔しそうにしているから、シンはつい慰めてしまう。

「食べるものは、他にもいっぱいあるから」

「そうだな。欲をかいてはいけないという教えだ」

笑いながらリュウは、狼たちが集めてきた鳥を眺める。

「これを全部、竜妃一人で料理させるのはしのびないから、一羽だけでも逃がしてやった、ということにしておこう」

「全部、一人で？」

シンが不満そうに言うと、リュウはさらに笑った。

「竜王に調理を手伝わせるなんて、誰もしたことがないぞ」

「料理する竜妃もいなかったせいだよ」

「分かった。手伝おう。竜王になる前は、野営で鳥を料理したことも数多くある」

「それであの日、鶉を捕まえてきたんだ？」

本当は野山の鶉を自ら捕まえるなんて、竜王はしてはいけないのだろう。なのにあの日、わざわざ鶉を捕ってきたのは、素のままのリュウが示した愛情だったのだと今頃になって気が付く。

「鶉か……あれは……旨かった」

「いつか……また獲って」

何もかも片付いて、平和な刻が戻ってきたら、あの小屋にあった温かでのんびりした雰囲気の中で暮らしたい。

矢で鳥を射るのではなく、罠を仕掛けて獲るのがいい。小川で釣り糸を垂らして魚を釣ったように、海で漁もしてみたい。シンが願うのは、いつだってそんなささやかな夢だ。

「そうだな。猪も……狩ろう」

そう言うと、リュウはにっと笑った。

もしかしてリュウは、頭部を怪我していたときのことを、思い出したのだろうか。二人だけに通じる甘い会話は、竜王の指示を仰ぐべく集まってきた騎馬兵によって中断させられた。

王だから愛したのではない。けれども愛した男は王なのだ。

シンは一瞬目を閉じ、懐かしい小屋の様子を脳裏から追いやる。今はここがシンの世界、竜妃の生きる世界なのだから。

整列した騎馬兵を、間近で見るのは壮観だ。けれどそんなに長時間、見ていられるものではない。緑氏は皇帝と並んで、訓練の様子を見ていたが、本当はこんな陽の照りつける日中外に出るなんて、決してしたくはなかったのだ。

従僕が日傘を差し掛け、もう一人が大きな扇子で風を送ってくれている。それでも涼感はあまりなく、緑氏は苛立っていた。

だが皇帝は上機嫌だ。子供のように、自国の兵の勇姿に手を叩いている。

「うむ、どうだ、緑氏。彼らを好きに使って、早速、竜王国を潰すがいい」

「準備は整いました。いつでも敵を迎え撃つことができます」

「すぐに勝利は手に入る。うむ、勝つぞ。勝って、竜王国よりさらに東の大陸へ渡り、次々と国を手に入れていこう」

「御意……」

興奮した皇帝は人目も憚らずに、緑氏の手を握ってくる。ほとんど袖の中に隠している手だが、握られたとなると魔力での加工が必要になる。何もしないままだと、しわくちゃの冷たい手なのだ。それをふっくらとしていて、温かくしっとりとした感触に思わせないといけない。

余計な力を使うと、またしばらくの間暗闇で暮らすことになる。力となるものを体内に取り入れ、陽光を避けて眠るのだ。

「東国を手に入れたら、逆に西の外れまで攻めていこうか？　砂漠があるが、あれを越えれば、人々の肌の色が違う異国に辿り着ける」

そんな先のことまで、緑氏には興味がない。だが皇帝や后の前では、いかにも野心家で、皆の夢を実現させる力を持つ宰相らしく振る舞わねばならなかった。

「まずは……竜王国です。そして南の蛮族と西の領主村を従えましょう」

「そうだな。西の領主村にしても、南の蛮族にしても、なぜ、これまで支配できなかったのか。国の体もなしていない、あんな小さな集落だ。竜王国が邪魔だてしなければ、とうに我らの国の一部になっている」

「逆に竜王国が支配しようとしてくれれば、我らも正義の目的で派兵できましたのに」

「それが謎だ。あの国は、力がありながら支配者になろうとはしない。まさか三百年も前の、精霊との約束を守っているというのか？」

皇帝はそこでおかしな笑い声を上げた。

「精霊たちは、とっくの昔にこの地を去った。もう死に絶えたかもしれない。今は、天帝の末裔が世界を支配する時代だ」

うっとりと酔ったように皇帝は言っている。

そうだ、精霊は死に絶えた。今はいないものたちの言葉を信じて、愚かな忠誠を示す必要なんてないのだ。

「緑氏、戦に勝ったら、竜王国をそちに進ぜよう」

「えっ？」

「そちが新たな竜王を名乗るがよい。だが、竜王国で暮らせと言っておるのではないぞ。余の側を、決して離れてはならぬ」

子供じみた考えしか持たない皇帝だが、この提案は気に入った。

竜妃にはなれなかったが、竜王になれるというなら、それはそれでいい。あの竜王と竜妃の首を晒して後、新竜王として君臨する姿を想像すると、これまでの溜飲が下がる思いだ。

そこに慌てた様子で従僕が近づいてきて、早口に告げてきた。

「申し上げます。ただいま、竜王国より和睦のための特使が到着いたしました。宰相との面談を、希望されております」

「特使？　そんなものを寄越すなど、事前に何も聞いてはいないが」

刺客だろうか。だとしたらとんでもない間抜けだ。どこの国にも、正面から堂々とやってくる刺客などいない。

「会わせる必要などない。恐らく緑氏の命を狙った刺客であろう。ただちに首を斬れ！」

皇帝は怪しい者が来たというだけで、もう青くなって震えている。それを見ると、緑氏はかえって相手に会ってみせ、皇帝をさらに不安にさせたくなってしまった。

「特使とは、どんな人物だ？」

相手が若くて美しい男だったら、皇帝はさらに別の不安にさいなまれるだろう。苛立ち、不安に嫉妬、それらは人心を弄ぶには最良の妙薬だ。

そう思って訊ねたのに、答えは驚くものだった。

「先々代の竜王、朱《しゅ》陽純大公に、老人ばかり五名の者が同行しております」

「……陽純公」

自分のものになる筈だった竜王に、今更会ってどうするというのだ。あの美しかった竜王の老いさらばえた姿など見たくない。ここは皇帝の命じたとおり、さっさと斬首してしまえと思ったが、今度は皇帝が考えを翻してしまった。

「老人ばかりだというのか？」

「はい。どの者も、かなりの高齢と見受けられます」

「竜王は残酷だな。死んでもいいような者を、特使などと名付けて送ってくる。緑氏、気の毒な老人たちと会うがいい」

「意味がないように思います。そのような使い捨ての特使などと、何を話すようなことがございましょう。すぐにでも全員を冥界に送り、それを竜王への返答といたしましょう」

「首が体から離れる前に、言いたいことだけ言わせてやれ。それがせめてもの慈悲だ」

立場は逆転してしまった。皇帝はいらぬ嫉妬をしなくていいせいか、どうしても寛大なところを緑氏に見せたくなったらしい。

「特使もこの兵団を見れば、自分たちが最強だと自惚《うぬぼ》れていたことを、反省するやもしれぬな」

「敵国には、こちらの軍事力を知らせぬほうが賢明です」

多く持っているものが勝ちだと、単純に信じているのが悲しい。甲冑を揃《そろ》え、盾や矛を支給したところで、それを使いこなせなければ意味がない。無力な民相手には、この程度の兵でも簡単に武力で勝るだろうが、敵は歴戦の勇者たちだ。盗賊や海賊相手に、日々命懸けで戦っている。

皇帝は威力を示せると思っているようだが、実際は逆だ。未熟さを露呈してしまうことになる。

「特使はどこにいる？　ここに呼ぶとするか？」

とんでもない提案だ。動揺してしまった今、いくら老いさらばえたとはいえ、かつては想いを寄せたこともある竜王に、こんな白日の下で会いたくはなかった。

「いえ、長旅をしてきたご老体には、ここは堪《こた》えるでしょう。私が城中でお出迎えいたします」

内心は不服だろうが、皇帝はそれを許した。

やっと日向から解放される。昼でも薄暗い城内に戻るとほっとした。そしてすぐに側近の従僕に命じる。

「老いた特使といえども、油断はならない。衛兵を強化するように。入り口に一番近い、一般向けの接見部屋を用意しろ」

元王となれば、それに相応しい接見の間があるのに、緑氏はあえて商人が陳情に訪れたりもする部屋を指定した。

接見部屋に出向く前に、一度自分の居室に戻り、特製の薬湯を口にする。力を取り戻すために、強精薬も口にした。

「竜王は真実を見抜く。だとしたら……まやかしは通用しないだろうか」

頭から美しい紗を被った。金糸や銀糸で鳳凰の姿を織り込んだ、とても手の込んだものだ。それで顔を隠し、御簾越しに会えばどうにかなると思った。

「相手は……あの竜王ではない。ただの老いぼれだ」

華やかな隊列の先頭を行く、若く美しい竜王の姿が思い出されて、緑氏の胸は痛む。そして悲しみを与えた元竜王に対して、新たな憎しみを抱いた。

接見部屋の手前にある待合いでは、老兵たちがにこやかに出された茶菓を楽しんでいた。その様子には、敵国に来たという緊張感がまるでない。

彼らから隠れるようにして、緑氏は接見部屋に入った。するとそこには、老いてもまだどこかに優美さを残した元竜王、陽純公が一人で茶を飲んでいた。

「遠路はるばる、よくお越しになられました」

御簾に守られ、さらに部屋を暗くして、緑氏は陽純公に向き合う。

「これはこれは、緑氏宰相、わざわざの出迎えに感謝いたします」

容姿はすっかり色褪《いろあ》せてしまったが、爽やかな声音は未だに若々しい。甘やかで、優しげな美声だった。

　こんな声を聞いていると、無性に腹が立ってくる。だからできるだけこの会見は早々に終わらせて、陽純公を目の前から消し去りたかった。そこで素っ気なく、要点だけを口にする。

「我が国の近隣諸国への侵攻に対して、竜王国国王は快く思われていないようですが」

「はい。そもそも侵攻の理由が思い当たりません。禦空国はとても豊かな国です。天災が続かなければ、民は飢えるようなこともなく暮らしていけましょう。他国からの侵攻に怯えることもなく、繁栄が続いておりますが？」

「南に位置する小国には、未だに国王と呼べる者も現れず統治力がない。そして我が国には、海に接する領土が極端に少ない。足りないものを補い合うには、ちょうどよいと思えますが」

「南の民は、他国の支配など望んではおりませんよ。王たる者は、いずれ数ある部族の中より生まれてまいりましょう」

　こんな会話をしたかったのだろうか。いや、違う。これでは単なる特使との会談だ。

　もっと違った話をしてみたい。竜王だった頃を彷彿《ほうふつ》とさせる、そんな会話をしたかった。

「ご自身が王だった頃には、どう思われていたのですか？　彼らを統治したいと、一度でも思わなかったのですか？」

　緑氏は目を閉じ、声だけで陽純公を感じようとした。すると目の前にいるのは、若い頃の陽純公そのままのように思えてきた。

「そのような野望は抱きません。我々が求めるのは、民の平和だけです」

あの美しい王が、物憂げな様子で語っている。そんな幻影を心に思い浮かべていた。けれど美しい夢は、ほんの一時も保《も》ちはしなかった。

「もし、この侵攻の真の目的が、竜王国に対する敵愾心《てきがいしん》からだとしたら、まずは私が謝らなければなりますすまい」

「……なんのことです？」

「あなたを……竜妃として迎えなかった。それはひとえに、私の洞察力の至らなさからです」

何の話をしているのだ。緑氏は思わず陽純公を見つめてしまいそうになって、慌てて視線を逸《そ》らす。

そして力なく答えた。

「意味がよく分かりません。私が竜妃だと？　では、今、竜王が迎えられた竜妃は偽物ですか？」

「いえ、あなたは……私の竜妃でしょう？」

この場でただちに首を刎ねてやりたい。どんな口で、そんな戯れ言を今更口にするのだ。

まさか知っていたというのか。では、この老いた姿も、陽純公には見えているのだろうか。

「あなたの竜妃の筈がない」

冷たく答えたけれど、声はいつになく掠れていた。すると陽純公は御簾の中に手を差し入れてきて、そっと緑氏の手を握ってきた。

途端にぞわっと全身が粟立《あわだ》ち、緑氏は慌ててその手を振り払った。

「私の前では、何も偽る必要はありませんよ。あなたとは、私がこの国を訪れたときに会っています。私は、若く、愚かで、思いやりがなかった。もしやと思いながら、あなたのために何もしてあげられなかった」

「とんでもない思い違いをなされている」

「竜妃として迎え入れられなかったものの悲しみなど、これまで竜王国の誰も考えていませんでした。そのことを、今回のことで教えられたのです。緑氏宰相、個人的な恨みを晴らすなら、どうか、この私の命で」

老人の命に、どれだけの価値があるというのだ。陽純公に対しては、とうに復讐を果たしている。刺客に命じて、陽純公の愛する男を目の前で葬ってやった。あれからかなりの年月、陽純公はその場面を何度も思い出しては、悲嘆に暮れて生きてきたのだ。

「あなたの命なんて、何の価値もない。南の地の港、西の豊かな食料、それらが簡単に手に入るというのに、あなたの残り少ない命で贖《あがな》えと？」

「そうです。無駄な戦いはやめましょう。竜妃だったら、命の大切さを何よりも強く感じられる筈ですが……」

「私は、竜妃などではない」

「ではただの、まやかしの得意な老人ですかな？」

「……」

穏やかそうに見えて、陽純公はとんでもなく嫌みな男だ。緑氏の手は細かく震え出す。

この男には、二十年以上待ち続けた、緑氏の苦しみなど分からないのだ。その間に異端者扱いされ、忌み嫌われて過ごした。悔しかったから、退位の前に愛する男を奪ってやったが、それでも今となっては足りない。

「人心を惑わす術を身に付けられたようですな。ですが、竜王国の人間には、そんなまやかしは通用しません。誰もが、あなたの老いた醜い姿を目にするでしょう」

緑氏はそこで、袂《たもと》に隠していた細い剣を手にする。

一息に殺すのでは駄目だ。うんと苦しめてやらなければ気が済まない。

「だがあなたが醜いのは、老いたからではない。心が壊れているせいです。その責任は、この私にありましょう。ですから私は、もう誰にもあなたのことを笑わせたくないのです」

「誰が笑うんだ？　何様のつもりだ。もうおまえは、竜王でもない、ただの年寄りだろうに、出過ぎた真似をするな」

苛立った緑氏は、そこで御簾をどけて手を伸ばし、卓の上に置かれた陽純公の手に剣を突き刺していた。

「あっ！」

途端に思わぬ痛さが緑氏を襲った。

刺されたわけでもないのに、陽純公を刺した左手の同じ場所に激痛があり、じんわりと血が滲《にじ》みだしてきたのだ。

「そんな……ばかな。まさか、魔力があるのか？」

「とんでもない。ただ、お互いに長生きですからな。何か、私たちの命には、繋がりがあるのではないかと思っていたのですよ」

陽純公は何事もなかったかのように、ゆっくりと剣を抜き取ると、静かに微笑んだ。

「読みが外れましたかな。ここで一気に、私の喉を掻《か》き切るかと思ったのに、緑氏宰相は欲が深い。私から愛しい男を奪っただけでは足りず、私のことも徹底的に嬲《なぶ》るおつもりだったか」

竜王の肉体に痛みを与えると、同じように竜妃も痛むというのか。そんなことは知らなかったが、一思いに陽純公を殺してしまわなかったことで、緑氏もどうにか命拾いをしたようだ。

「では、ここで幕を閉じましょう」

抜き取った剣を、陽純公はそのまま自分の喉に突き立てようとした。それを見てすぐに緑氏は、気力を奮って剣を弾き飛ばす。

「衛兵、ただちにこの者を取り押さえろ」

壁に突き刺さった剣を見て、衛兵は慌てて乱暴に陽純公を取り押さえようとするが、その痛みはそのまま緑氏に伝わってきた。

近づいたのがいけなかったのだと緑氏は気付く。竜王と竜妃は、何年経っても互いが近くにいたら、影響を与え合うのだろう。陽純公はそれを予測して、自らの命を賭けたのだ。

「決して乱暴に扱うな。手を縛り、猿轡《さるぐつわ》をして、牢《ろう》に収監しておけ」

ここで陽純公に死なれたら、緑氏まで巻き添えを食う。死ぬ気で来ているからには、何としても陽純公は実行するだろう。緑氏を直《じか》に殺すことはできなくても、自分が死ねば道連れにできると、これで確信してしまったのだから。

「待合いにいる老兵たちも、武器を奪って投獄しろ」

彼らは陽純公を護るために同行したのではないだろう。いざとなったら、刺し違えてここで陽純公と死ぬつもりで来ているのだ。そんな老人を殺したところで意味はない。

むしろこうなったら、慈悲深い竜妃と竜王に対して、人質として利用するべきだ。

殺したいほど憎いのに殺せない。それどころか、陽純公の健康を守らねばいけなくなった。

捕らわれたというのに、陽純公は落ち着いている。刺された傷口は、自身の衣の袖を破って器用に手当すると、何事もなかったように、衛兵に両手を差し出した。

「年を取ると、どうも動きが鈍くなりますな。もう一呼吸早ければ……いや、残念」

そこで陽純公は微笑む。皺だらけの顔なのに、なぜか昔の華やかさを彷彿とさせる、美しい笑顔だった。

和平のために送られた特使は、結局虜囚となってしまった。もう戦を回避する方法はない。愚かな皇帝の目を覚まさせるためにも、緑氏を討たねばならなくなった。

狼たちにまで、革製の鎧が着せられていた。矢傷を防ぐためのもので、リュウが考案して作らせたものだ。もちろん馬たちも、顔に金属製の馬面を付けている。これらが矢の攻撃から護ってくれるという。

シンにも美しい甲冑が与えられた。竜の装飾が施されていて華やかだが、作りはとても頑丈だ。下に着ている戦装束は深い海の藍色で、それが青くなっているシンの髪によく似合っていた。

まだ短い髪だが、すでに一部を編んで宝玉を飾っている。竜王国では、成人した男子は皆、宝玉で髪を飾るのが慣わしになっていた。シンも竜王国の人間となったので、それらしく飾ることにしたのだ。海からの贈り物である赤い珊瑚《さんご》と、山からの贈り物である緑の翡翠《ひすい》だ。

剣はやはりどんなに練習しても上手くならない。人の体に直接剣を当てるのが、シンにとっては苦痛だったからだ。それで弓矢に徹することにしたら、リュウは極上の使いやすい弓と、誰よりも多く矢の入った矢筒を贈ってくれた。

これから禦空国に向かう。戦の用意は調ったのだ。

ずらっと居並ぶ騎馬兵の間を、リュウは愛馬に跨って走り抜けている。竜王自ら、兵たちを鼓舞しているのだろう。

「竜妃様は私たちがお護りいたします」

声に振り向くと、見慣れぬ兵士が二人いる。けれどよくよく見ると、いつもよりずっと男らしい形をしている梅里と桜里だった。

「君たちも戦場へ行くの？」

「はい。宦官ではありますが、竜王国の男である限り、戦いには出向きます」

いつもの華やかな衣装と違い、地味な戦装束だ。しかも使いこなした感のある甲冑に、二人とも身を包んでいる。

「私は、初陣で男の部分を傷つけまして、それから宦官になりました」

桜里が笑いながら言っている。

「そんな傷を負ったのに、怖くない？」

「怖くはありません。傷つくのは、自分の未熟さゆえですから、恥ではありますが」

怪我をしたのは自分のせいだとあっさり認めるとは、なかなか男らしい。そんな彼らに護られるだけではなく、シン自身もしっかり戦おうと思った。

隊列を組み、先頭を行くのが竜王と竜妃だ。その周りを近衛隊が護り、さらに数人の将軍が率いるそれぞれの大隊が続く。シンは馬に乗り、自分の背後にいる兵たちを振り向いた。

何人もの兵が手にしている旗が、いっせいに風にはためいている。彼らの放つ熱気で、一気に地面が乾いていきそうだ。

不可能だと分かっているが、一人も傷つかせることなく連れ帰りたい。それが竜妃となった自分の使命だとシンには思えた。

「敵城まで一気に攻め込む。敵の兵力は、我が軍の十倍はあろうが、皇帝に対する忠義などない、かき集めの傭兵《ようへい》だ。迷わずに蹴散らせ！」

竜王の掛け声が響くと、それに和して兵たちもいっせいに雄叫びを上げる。そして二万からなる竜王国軍の進軍は開始された。

海路を行かず、陸路で隣国に向かう。行く手を阻むものは、国境に兵を駐屯させた巨大な門があるだけだ。緑氏の思惑とは裏腹に、禦空国の兵たちは誰も侵攻の戦など望んではいない。できることなら、これまでのように名目だけの国境警備を続けていたいはずだ。

そこにこの大軍が押し寄せたら、門番の役目も果たさず、兵たちは逃げ出すかもしれない。

「陽純公が戻らない。首だけでも戻れば殺されたと分かるが、どうやら虜囚となったようだ」

シンと並んで馬を進めながら、リュウは思い詰めたように言う。

「殺さないということは、緑氏は本当に竜妃だったのだ。竜妃なら、陽純公を傷つけたまま放置すれば、自分も傷つく。竜王の死は、すなわち竜妃の死だと陽純公は言っておられた」

小屋にいたとき、リュウの頭の中にある赤いもやもやが見えた。そこに触れた途端に、シンは激しい衝撃を感じたが、ああやって竜王の傷や病を治すのが竜妃なのだ。けれど助けが間に合わず、竜王が死んでしまったら、竜妃も死ぬということなのだろうか。

自分が死ぬことは、ちっとも怖くない。だが、リュウが死ぬのは絶対に嫌だ。いつか百歳も生きてから死ぬのなら許せるが、今はまだ駄目だ。

「緑氏が私と竜妃を同時に殺そうとしたのは、正しい選択だったようだ。竜妃……もし私が、敵城で陽純公を斬り捨てても、惨いやつだと思わないでくれ」

「陽純公を！」

「出立される前に言われたんだ。首が届かず、虜囚となったなら、何があっても助け出し、そして殺してくれと」

「そんな……別の方法がきっとある筈だよ」

緑氏に対抗できる力を持つのはシンだけだ。この間刺客を飛ばしたような力があれば、緑氏だけを殺すことはできないだろうか。それとも緑氏が死ねば、陽純公も死んでしまうのか。そこがどうしても分からない。

「皮肉だな。大切な人を殺されたのに、陽純公には自身の死しか復讐の手だてがないんだ」

「……そうだね」

もしリュウが目の前で殺され、復讐するのに自分の命が必要だと言われたら、シンは喜んで差し出すだろう。そう考えれば、陽純公のしようとしていることは、正しく思える。

「問題は……陽純公と緑氏が死んだ後だ。愚か者の皇帝を、正気に返せる者がいない」

皇帝まで殺したくはないのだと、シンにも伝わってきた。

「次代の皇帝を立てるにしても、まだ幼すぎる。世襲制というのも厄介だな。我が国のように、力のある者が王となるようにすればいいものを」

「今から変えればいいのに」

「そんなことをすると、余計な血が流れる。それは陰湿で、耐え難いものになるだろう。禦空国の玉座に座れば、巨万の富が手に入るんだ。どんな聖人が王になっても、欲望の前では愚かになる」

やはり王となるといろいろと難しい。シンにとっては、羊番の小屋での生活が一番の幸福だったが、誰もがあんな生活で満足するものではないのだ。

シンにとっての欲望といったら、リュウとの肉体の結びつきぐらいしか思いつかない。リュウはどうなのだろう。王となっても、まだ新たな欲望はあるのだろうか。

「リュウは……竜王は、愚かな王にはならない？」

「愚かな欲望を抱く者は、最初から竜王には選ばれない。ただ強くて賢いだけでは駄目なんだ。竜王とは、公正に正義を行うものでなければならないのだから」

胸を張り、堂々とリュウは言い切る。まさにその姿は、竜王と呼ばれるのに相応しかった。

「幼い頃から、竜王になれるように人の何倍も努力してきた。この私の姿勢を、次代の竜王を目指す者たちが学ぶのだから、私はいい見本でいなければいけない」

三百年も大きな戦はなかった。久しぶりの大戦に挑む竜王とあって、リュウの肩にも力が入っているようだ。眉間に皺を寄せ始めている。

「後方に控える、蒼勇健《そうゆうけん》将軍が、私の父だ」

「えっ？」

会食のときに会っているが、一度としてリュウの父だと名乗らなかった。竜王になったら、家族でも距離を置くというのは本当なのだろう。

「勇健将軍は偉大な将軍だ。息子が竜王になれたことを誇りに思っているだろうが、さらによき王となってみせたい」

シンには親がいないからよく分からないけれど、きっとリュウは竜王としてだけでなく、いい息子であることを特別意識しているのだろう。そのせいか、肩に力が入りすぎている。

「……リュウ」

そこでシンは手を差し伸べた。馬上なので、手を繋ぐまではいかない。それとなく指先を触れただけだが、それでも何か重たいものを吸い寄せられたような気がした。

「んっ？　何をしたんだ？」

途端にリュウは少年のような笑顔になった。シンがもっとも好きな顔だ。

「力、入りすぎていたから少し抜いたの」

「入りすぎてたか？」

「頑張りたい気持ちは分かるけど、評価されたいっていうのも、きっと欲望の一つだよ。そんなに力まなくても、リュウはリュウのままで十分に強いんだから、自然体でいて」

しばらくの間、リュウは何も言わずにただじっとシンを見つめていた。照れくさくなってきて、シンは先頭を行く狼隊に目を向ける。狼将軍の革鎧は一段と華やかで目を惹いた。

「そうか、気が付かなかったな。褒められたいと望むのも欲望か。どこでそんな考えを習った?」

やっと口を開いたリュウの問いかけに、シンは答える。

「羊……風、雨、お日様、それだけ」

「ならば自然は偉大だということか」

「精霊って、きっと自然そのものなんだよ。人の姿を借りた、自然なんだ。だから、おれは人から何も習わなかったのに、いろんなことを考えられるようになったんだと思う」

けれど同じように生まれても、緑氏は自然を裏切った。人間の欲望にまみれてしまったのだ。

「竜妃の役割は、こんなところにも発揮されるんだな」

「こういうのは竜妃じゃなくてもやるよ。大切な人のことを心配するのは、みんな同じでしょ。おれは、少しだけ違う方法を知っているだけ」

そこでまたもやリュウは押し黙る。今度はどこに視線を向けよう。迷った結果、後ろを振り向いてしまったシンは、案外近くに勇健将軍の姿があることに気が付いた。

勇健将軍の側には、リュウにどこか似た感じのする若者が二人従っている。もしかしたらあれは、リュウの兄弟かもしれない。

「リュウには、兄弟がいるの？」

「ああ、姉と弟が二人、妹が一人いる」

「えっ、すごい、そんなにいるんだ」

それはさすがに羨ましい。シンには欲しいものはほとんどないが、やはり兄弟や家族には未だに消せない憧れがある。

「あそこにいるのは、リュウの弟？」

「ああ、もう目移りしているのか？」

「少し似ているね。竜妃にはなったけど、あの人たちとは家族になれないのか。残念だな」

「そこに家族ならいるじゃないか」

行進の先頭を、堂々と歩く狼を示してリュウは言う。

「それに、今では竜王国の民すべてが、竜妃の家族だ」

「だったら、この軍の全員がそうなの？　これだけいるんだから、欲を持ってはいけないってことだね」

「名前を覚えるだけでも大変だぞ。こんな数の羊を持ったことはないだろ？」

リュウも少しは気が軽くなったようで、冗談のように言っている。そんな様子を見てほっとしていたら、今度は新しい提案をしてきた。

「この戦が終わって、竜妃が二十五歳を過ぎたら、次の竜妃を捜しにいかないか？」

「えっ？」

「私の竜妃は、村人や羊、それに狼が正しく育ててくれた。だが、次の竜妃は緑氏のように育ってしまうかもしれない。そうなる前に見つけ出して、二人で育てたいんだ」

少し恥ずかしそうにリュウは言ったが、それを聞いた途端にシンは泣きそうになってしまった。

いつも自分のことを気に掛けてくれる優しい誰かが側にいてくれたらと、いつも思っていた。温かい家族、それはシンにとっても夢だった。

「竜妃を育ててはいけないという決まりはみつからないが、もしかしたら精霊に叱られるということはあるかもしれない。覚悟しておけ」

「だけど、その子は竜王とどうなるんだろう？」

竜王となる者と、結ばれる運命なのだろうか。これまでは必要があるまで、竜妃を見つけることはしないできたのだ。すでに竜妃が先に決まっているということはなかったから、予測できない展開になりそうだ。

「それは運命に委ねよう。次代の竜王が誰になるかも分からないし、私と竜妃のように相性がいいかどうかも分からないから……誰と添い遂げるのか、選ぶ自由も竜妃にはあるべきだ」

自由に選べると先に言われても、きっとシンはリュウを選んだだろう。

他にお互いの代わりはいない。今はそう思える。

「私たちが上手く育てられたら、その後も同じように続けていけるだろう」

「そうだね。もう、自分は人と違うって、怯えながら育つ子供はいなくなるんだ」

心優しいリュウの提案に、シンの心は躍る。後何年かしたら、幼い子供がシンの元に預けられるかもしれない。

その子は羊を好きになるだろうか。そして空を、風を、お日様を愛するようになるだろうか。

幸福感で胸が熱くなる。するとシンの髪は青く輝き、瞳はさらに青さを増していた。

国境の門には、すでに兵はいなかった。どうやら竜王国の大軍が来るとの報せを受けて、早々に逃げ出したらしい。無駄な戦いをすることもなく、竜王国軍はそのまま禦空国の都を目指す。そして最短の日程で、ついに鳳凰城に辿り着いた。

さすがに城までくると、戦わずに逃げ出す兵ばかりではない。揃いの甲冑に身を包んだ、大勢の兵が待ち構えている。城門の上には、ずらりと射手が並んでいて、今にも矢を射ようと待ち構えていた。

いよいよ始まると思うと、さすがにシンも震えが止まらない。するとリュウに強く手を握られた。

「ここは歴戦の勇士たちに任せよう。それより間諜が、城への入り口を見つけてくれた」

暗い色の戦装束に身を包んだ男が、いつの間にかリュウの背後に立っていた。

「竜妃様、狼隊より二頭ほど選んで警護役とし、竜王様にご同行願います」

低いがよく通る声で言われて、シンは途惑った。

「城に入れるんですか？」

「城には必ず抜け道があります。そこから入りますが、陽純公と緑氏の居場所が分かりません。あるいは緑氏は、陽純公の側にいるのかも」

自分にどれだけの力があるのか分からないが、リュウを助けるためなら、何でもする覚悟はある。

「一つだけお願いが」

急ごうとするリュウに、シンは懇願した。

「最初の矢の攻撃だけ、どうにかしたいので、少し待って」

「どうにかって、どうするつもりだ」

「風を呼ぶんだ」

そんなことできる筈がないと思う気持ちと、風を呼ぶべきだとの考えが、シンの中で渦巻いている。迷うくらいなら、試しにやってみるといい。シンはわざと盾を構える兵の前に進み出て、自らを標的として晒した。

当然、真っ先に狙われるだろう。敵将の号令と共に、無数の矢が空から降ってくる。シンは目を閉じ、風を待った。すると突然突風が巻き起こり、すべての矢を空に吹き飛ばし、逆に敵兵の上から落とすということをやってのけた。

竜王国軍は沸きに沸いた。すると敵は第二弾を狙って射てくる。それもまた風で飛ばされて、同じように上空から落ちてくるので、大騒ぎになっている。

敵兵の間に、緑氏を呼べと叫ぶ声が上がっている。シンに対抗できるのは、緑氏だけだと思われたのだろう。次に何が起こるか分からず、敵兵は落ち着きを無くしている。その間にシンは、狼ではなく二頭の犬を連れ出して、リュウの元に走っていた。

「お待たせ。あれで少しは動揺したと思う」

「少しどころじゃない。かなりの兵力を奪った。上出来だ」

間諜と二人の腹心、さらに二頭の犬連れでシンとリュウは走り出す。そしてついに城の裏手の竹藪《たけやぶ》に隠された、抜け道の入り口に到着した。

中は真っ暗で、湿った土の匂いがする。すぐに間諜と腹心が、松明《たいまつ》に火を点けた。すると土の壁が剝《む》き出しになった通路が、うねうねと続いているのが目に入る。

「狼隊、この匂いの主の元へ、案内願いたい」

間諜は血で汚れた衣の袖を取りだし、犬たちに嗅がせた。

「陽純公は怪我をされているのか？」

「一度、自らの左手を刺させて、緑氏の反応を調べたようです。緑氏も同じように、左手を傷つけていますが、治すことはしていません」

「竜妃のような思いやりはないらしいな」

憮然として言うと、リュウは足を速めた。なぜなら犬たちが、迷わずに先に勢いよく進み出したからだ。

通路の中の空気は淀んでいる。恐らく何年も利用されたことがなかったからだ。城中で暮らす人々でも、こんな通路のあることを知らないものも多いだろう。

うねうねと曲がりくねった道をかなり進んだ。少しずつ地面が上がっているようだと思ったら、いきなり城内の裏手にある、井戸の側に出ていた。

「そっちには衛兵がおります。こちらに」

犬たちは真っ直ぐ行きたがったが、間諜に導かれて皆は粗末な入り口を入る。井戸の側にあったのは湯屋で、敵を迎え撃っている今は、中に誰もいなかった。

湯屋の隣りは厨房だが、そこもすでに無人だ。竜王国軍の到来を聞いて、いち早く皆逃げ出したのだろう。厨房《ちゅうぼう》の中は野菜籠がひっくり返り、家鴨や鶏が走り回っている。

そこから間諜は、廊下の裏にある急な階段を示した。

「使用人用の通路です。狼隊には少し難儀でしょうが、ここを使います」

さすがに廊下には衛兵がいて、急襲に備えて巡回している。ここは間諜の言うことを聞くしかない。

急な階段に苦労しながら犬は上っていく。すると腹心の二人が、それぞれ犬を抱え上げて進み始めた。

「よくこんな通路を見つけましたね」

シンが感心して言うと、間諜はこともなげに答えた。

「使用人として、この城内で働いておりましたから」

そんなことまでするものなのか。だが、禦空国も同じようにやっているのだろう。

「緑氏の力はどれほどですか？」

一番気になることを訊いてみた。老いてもますます力は強くなるのだろうか。それとも陽純公を傷つけたままなので、弱っているのか分からない。

「今は、自分の姿を誤魔化すだけで手一杯ではないでしょうか。薬湯や強壮薬を、かなり口にしているようです」

「弱っているのか？」

リュウの問いかけに、間諜は即座に答えた。

「自室に籠もっていることが多くなってきました。今の竜妃様の勢いを見ると、緑氏はもうすでに限界なのではと思えます」

階段の途中に、小さな扉があった。さらに上にまで階段は続いているが、犬たちはそこで下ろせと暴れ始めた。

「この階にいるのか？」

「虜囚の牢がある場所ではありません。この階は、緑氏の居室があるところです」

「牢だと簡単に居場所が分かると思って、わざわざ移動させたのか」

リュウは扉を薄く開いて、廊下の様子を確認する。

「なるほど、ただの衛兵ではないな。強そうなのを揃えている」

やはり緑氏は、陽純公を奪われるのが怖いのだ。それがそのまま自分の死に繋がると分かっている。

「いるのは間違いないだろうが、罠の可能性もある。中に何人くらいいるだろうか？」

「そんなに広い部屋ではありません。何十人も潜ませるのは不可能です」

そこでシンは、頭に浮かんだことを口にした。

「近づいたら危ないよ。毒だ。緑氏は、毒使いだ」

「さすが竜妃様。そのとおり、緑氏は巧みに毒を使います。おそらくあの兵たちは、武器のすべてに毒を塗りつけておりましょう」

では、どうすればいいのかとリュウが迷うより早く、シンは弓を手にして示した。

「おれには矢が当たらない。中にいる兵を誘《おび》き出すから倒して。狼隊、決して傷つけられてはいけない。刃物を手放すまで噛みつくな」

攻撃したくてうずうずしている犬たちは、悔しそうにうーうー唸っている。

どうやら竜王国軍の第一陣が、城内乱入に成功したらしい。外の騒ぎはますます大きくなっていた。

緑氏を護っている兵たちも落ち着きがない。部屋への出入りを繰り返している。

そのうちの一人の腕を、シンは迷わずに矢で射貫いた。続いて飛び出してきた兵がシンを狙って矢を射ても、不思議と当たることはなく、すべて天井に弾き飛ばされてしまった。

そのままシンは、さらに部屋の入り口に向かって進む。すると剣を手にした兵が飛び出してきた。

矢を射ても間に合わない、そう思った瞬間、リュウの剣が兵を薙ぎ払っていた。

「刃先に気を付けて。剣が変色するほどの猛毒だ」

シンの目には、緑色のもやもやしたものが見える。それを避けるようにして、次々と矢を射ているうちに、リュウたちも安心して戦えるようになり、敵兵の数はみるみる減っていった。

そしてついに奥まで辿り着くと、そこには椅子に縛り付けられた陽純公の姿があった。

陽純公は猿轡をされている。舌を噛みきったり、毒を飲まないようにとの用心からだろう。話すこともできないが、シンは陽純公が自分を討てと、目で訴えているのを感じた。

「思ったより早かったな。物足りなかったかな、最強の竜王としては。警備が手薄なのは、始めから計算尽くだ。ぜひ、お二人の顔を見たくてね」

　薄暗い部屋の奥から声がする。

　これが緑氏なのか。影のように現れたのは、大きな外套にすっぽりと身を包んだ男だ。その名のとおり、その体からは緑色の煙が立ち上っていた。

「竜妃、愚かな竜王に隷属していることはない。私のように、王を支配する者になれ」

　囁くような声なのに、はっきりと聞こえる。そして魂の奥にまで、ずるりと忍び込んでくるような気がした。

　シンは答えず、矢を番えて陽純公を狙う。すると緑氏は、それとなくその前に立ち塞がった。

「私の元に来るといい。二人で組めば、こんな世界を支配するなど容易いことだ」

「断る。さっさとそこをどけ」

　シンが吠えても、緑氏は全く意に介していないようだ。

「力があるのだろう？　愚かな民の人心を繰るなど容易いことだ。竜王は、おまえ好みの魯鈍な愚か者にしてやろう。性奴として可愛《かわい》がるくらいは許してやる」

　突然脳裏に、出会ったばかりの頃のリュウの姿が浮かんだ。斧を手にしたリュウが微笑んでいる、懐かしい光景だった。

　どこで緑氏は、こんなことがあったと知ったのだろう。それともこれは、緑氏の魔力で導かれたシンが、勝手に夢を見ているのだろうか。

これが人心を繰る術というものなのか。シンは獣相手にしかしたことがないが、人の心もこんな簡単に繰れるのだ。

振り向くとそこにいる全員が、ぼんやりとした表情になっている。どうやら緑氏は、先に彼らの動きをすべて封じてしまったようだ。

「リュウ、竜王。しっかりしてっ！」

「無駄だ。竜王の頭の中を壊してやる。下半身だけは無事なら、それでいいだろう？　この老いぼれと一緒に、城の奥深くで飼ってやるから安心しろ」

「竜王が死ねば、竜妃も死ぬんだろ？　だったら、どうしてさっさと殺さない」

なぜ、攻撃の手を止めている間に、竜王を殺してしまわないのか。

その意味がシンの脳裏に浮かんだ。それは思ってもいなかった恐ろしいものだった。

「えっ？　おれの、この体が……欲しいのか？」

「そうだよ、竜妃。おまえを殺すために、村一つ焼き払ったが、それも無駄なことだった。大金を払った刺客も失敗したし、どうして殺せないのかと悩んだが、その意味がやっと分かったよ。おまえは私と同調し、新しい魂の入れ物になるんだ」

外套に隠された緑氏の目が、そのとき緑色に光ったのが見えた。シンを捕らえ、その中に自分を完全に移動させようとしているのが感じられる。

「そんなことはできない。あなたはここで死ぬんだ」

陽純公の様子を見ているうちに、緑氏は自分も死を逃れられないと悟ったのだろう。そしてシンの体に、自分の魂を植え付けようと考えを変えたのだ。

「若く、美しく、愚かな若者。自分の価値に目覚めたらどうだ」

「おまえの魂の入れ物なんかになるもんか。おれは、このままのおれでいいんだ」

「世界の王になれるんだぞ」

「そんなものにはなりたくない」

シンはきりきりと弦を引き絞る。すると緑氏から冷たい気が流れてきた。

「そんなに死にたいか？　では、一度死ぬがいい。その後で、体は奪ってやる」

緑氏の手には短剣が握られている。それがシンめがけて投げつけられた。跳ね返そうとしたが、やはり緑氏の力は特別だ。シンにもどうすることもできない。

するとそれまでじっとしていたリュウがいきなり飛び出してきて、シンの前に立ち塞がる。そして自身の体で短剣を受けると、シンに向かって叫んだ。

「今だっ！　陽純公を討て！」

リュウの体が倒れた瞬間、シンは陽純公めがけて矢を射る。矢は青い炎に包まれて、陽純公の心臓を一息に貫いた。

見たこともないような美しい姿の男が、笑っているのが見える。その姿はすぐに消え、がくっと頭を垂れた陽純公の姿があった。

「何をしたんだ。愚か者め。年寄りを苦しめるだけだ。私なら、死んでもすぐに生き返らせる」

緑氏は陽純公の体に、緑の吐息を吐きかけようとしている。それを見て、シンはまた矢を番えた。

「そうはさせないっ」

緑氏を射ようとしたら、そこでぞっとするほど冷たい声で言われた。

「いいのか？　竜王の手当をしないと、すぐに死ぬぞ。私の毒は強力だ」

「うっ！」

足下にリュウが倒れている。その体には、たっぷりと毒の塗られた短剣が刺さっていた。

シンはただちにリュウを抱き起こし、短剣を引き抜く。そしてその体の中を流れる毒に向けて、清浄な気を送り始めた。

「リュウ、大丈夫だよ。おれは竜妃だ。リュウの竜妃なんだから、助ける、きっと助けるから」

これはかなり力のいる仕事だ。毒は全身を駆けめぐっていて、リュウの体を即座に腐らせようとしている。それをすべて消し去るには、これまでのように簡単にはいかなかった。

「ああ……あっ……」

シンの髪から、みるみる青みが消えていく。息は荒くなり、自身も毒に冒されたかのように、額から冷たい汗が滴っていた。

同じように緑氏も、陽純公を生き返らせようとしている。陽純公が生き返ったら、また同じように苦しめて殺さないといけないのか。それはあまりにも辛い。こうしている間に緑氏を討てば簡単に済むのに、そうしたらリュウが死んでしまう。

「ああ……精霊よ、どうか、力を貸してください」

祈りは伝わったのだろうか。シンは夢で見た、青く輝く美しい人の存在を間近に感じる。その人は、シンに向かって青い吐息を吹きかけてくれた。するとシンの髪は、再びきらきらと青く光り始める。

命の元がリュウの中に大量に流れ込み、毒を消していった。それにつれて傷口も塞がり、流れていた血も止まっていた。

「ありがとう、精霊。もう少し、もう少しだ。リュウ……」

リュウが死んだら、とても生きてはいけない。自分はこの男をそれだけ愛しているのだと、このときはっきりと感じた。

共にいた刻は短くても、身分は大きく違っていたとしても、そんなことはもう関係ない。シンはリュウを、自分の魂の一部として認めていて、誰よりも深く愛している。

「リュウ、愛してるよ。きっとこれが、愛するってことなんだ。お願いだ、目を覚まして。おれを、一人にしないいって言って」

リュウの復活を願っていたのに、周りにまで溢れ出た青い気のせいだろうか。二匹の犬は先に正気を取り戻し、果敢にも緑氏に向かっていった。

刃物で狙われると危険だというのは分かっていて、二匹で重たい外套の裾を咥えて引きずり回している。犬を追い払おうとした緑氏だが、陽純公を蘇らせるので力が失せてしまったのか、気を飛ばすことはできず、気が付けば外套が脱げ落ちて、老醜を晒してしまっていた。

髪は陽純公と同じく真っ白だ。その顔は皺だらけで、何百歳も生きていたかのように見える。魔力を必要以上に使い続けたせいで、余計に老いさらばえていたのだろう。

「見るな……」

じっと見ていたシンに向かって、緑氏は指を突き立てて怒ったが、声はすっかり掠れてしまっている。どうやら死力を尽くしても、陽純公を生き返らせることは、今の緑氏には無理だったようだ。そのせいで緑氏は、ますます力を失っているのだろう。

「見るなと言っている」

けれどシンは見続けた。矢で射るよりも、視線で射続けたほうが、今の緑氏には堪えるのだ。こんな醜く老いさらばえた姿など、決して誰にも見られたくはなかったのだから。

「精霊は……どうして私を助けない？　そこにいるんだろう？　なぜ、私には、力を与えない」

緑氏は力なく虚空を摑む。けれどもう精霊の姿はどこにもなく、緑氏を助けるものは何もなかった。

「正気を取り戻せっ！」

いきなりリュウが叫んだ。そしてシンの腕の中からもがくようにして起き上がると、ふらつきながらも剣を抜いた。

「狼隊だけが戦ってるぞ、竜王国の軍人だろう。いつまでぼうっとしている」

するとその声に、ぼうっとしていた腹心たちは蘇り、剣を構えて緑氏に詰め寄った。

「竜王、この老人が緑氏ですか？」

よろよろとしながら、必死に犬を追い払おうとする姿に、腹心たちは困惑している。こんな老人が、自分たちに魔力を用いた緑氏だとは思えなかったのだ。

「斬ることはないよ。何もしなくても、じきに命は尽きるんだから。毒を持っているから、下がっていたほうがいい」

シンの言葉に、腹心たちは慌てて少し下がった。

「もうおまえの竜王は死んだ。これで終わりだ」

リュウはそれでも下がらず、じっと緑氏を睨《にら》み付けて叫ぶ。

「では、おまえたちも終わりになるといい」

再び緑氏が短剣を手にするより早く、リュウはその懐に飛び込んで、一気に剣で突き刺していた。

何も言わずに、緑氏は床に崩れ落ちていく。放っておいても息絶えただろうが、リュウはここで哀れな緑氏に情けを示したのだ。

緑氏はもう何も言わない。緑色になった目で、ひたとリュウを見つめたまま、静かに絶命した。

外では、戦いの騒音が響いている。けれどこの部屋では、もはや何の物音もしない。

勝った筈なのに、勝利の喜びもなかった。

「緑氏を討ったと告げてこい」

リュウは間諜に命じる。すぐに間諜の姿は消え、それと同時に外の騒乱はますます激しくなった。

「陽純公の亡骸《なきがら》を頼む」

そう言って、リュウは部屋を出て行こうとする。今、毒でやられたばかりなのに、戦いの場に戻るつもりのようだ。

「おれも一緒に行くよ」

ついていこうとするシンを、リュウは止めた。

「いや、戦場は竜妃には刺激が強すぎる。傷ついた者の姿など、見たくはないだろう」

「平気だ。またやられたら、おれがいないとリュウが危ない。離れるなんて駄目だ。何があっても、離れたらいけないんだ」

「そうか……では、共に来るといい」

そのまま部屋を出て行こうとしたら、よろよろと走ってくる者の姿が目に入った。

皆が戦装束の中、その男だけはきらきらした絹の晴れ着を纏っている。顔色は青ざめ、すっかり正気を失っているようだが、あれが皇帝だろうか。

「緑氏は、緑氏はどこだ。討たれたなど嘘だ。緑氏が死ぬ筈がない」

男の後ろには数名の衛兵が従っているが、少数とはいえ竜王国軍の兵がいるのを知ると、戦意を無くしたのか後退していく。

哀れな皇帝は、宰相を失い兵にも見捨てられたのだ。

「緑氏の骸ならそこにある。我らは蛮族ではないから、骸はそのままだ。首など落としてはいない」

皇帝は自分が討たれることも恐れず、リュウの横をすり抜けて部屋に飛び込んだ。

「緑氏、緑氏、隠れていないで、出てくるがいい。私が、この私が、戦うぞ。護ってやるから、隠れていないで」

床に脱ぎ捨てた緑氏の外套を踏みつけ、しまいには横たわる緑氏を蹴飛ばしながら、皇帝は緑氏の姿を探していた。

「死者を粗末に扱うな。そこにいるのが緑氏だぞ」

リュウの言葉に、皇帝は笑った。

「その者は、竜王国が送り込んできた、老いた刺客であろう？　汚らわしい、さっさとこの部屋から、その遺体を運び出したらどうだ」

「まだ分からないのか？　それが緑氏の本当の姿だ」

「……」

皇帝はしばらくの間、じっと緑氏の亡骸を見ていた。その着ているものには、多少見覚えがあったのかもしれない。けれどあくまでもそれが緑氏の本当の姿だとは、認めようとしなかった。

「竜妃は魔力を使うのか？　そうか、緑氏の美しさに嫉妬して、何もかも奪ったのであろう？　何と卑劣なものたちだ。竜王も竜妃も恥を知れ」

そこでついにリュウの我慢も限界が来たのか、皇帝に近寄りその胸ぐらを摑むと、思い切り殴り倒した。

「あっ！」

戦ったことなどない皇帝は、短い悲鳴をあげて床に倒れる。意識を失ったのか、起き上がって反撃してくる様子もない。

「竜妃に対する侮辱は、決して許さん。たとえ皇帝でもな」

そこでリュウは腹心に命じて、倒れた皇帝を縛り上げるように命じた。命まで取るつもりはないらしい。それを知って、シンも少しばかりほっとする。

リュウはシンの手を引き、今度は二度と後を振り向かずに部屋を出て行った。

「皇帝も捕縛したぞ。それでもまだ我らに刃向かうか！　魔力を持つ宰相は死んだ」

叫びながらリュウは、まだ戦っている兵たちの間に入っていく。

「降伏する者の命は奪わない。逃走も認める。ただし略奪はするな。略奪者はその場で斬りつける」

そうやって回廊を抜けて城の外に出ると、シンは傷ついた大勢の兵の姿に言葉を失った。ほとんどが敵だが、中には当然竜王国軍の兵もいる。

これを見せたくないために、リュウは最初からシンを陽純公と緑氏のいるところに同行させたのだろう。そしてあの部屋で、しばらく隠れていて欲しかったのだ。

「竜妃様、ご無事で」

声に振り向くと、梅里が桜里に抱えられるようにして立っていた。その額からは血が溢れ出し、腕も大きく斬りつけられている。

「どうしたんだ？」

シンは急いで近寄り、その傷に手を添える。

「私は、五歳から男じゃないので、少し弱かったみたいです」

梅里は力なく笑うと、痛みに顔をしかめた。

「一緒に戦っていて、助けようとしたのですが、一度に五人に捕まってしまい、梅里が怪我を。最後は狼隊に助けてもらいました」

初陣の経験もある桜里は、それでも怪我はしなかったようだ。まだ綺麗な顔を保っている。

「大丈夫だよ。ほら、じっとしていて」

犬を治せたから、リュウ以外の人間だって治せる筈だ。そう思ってシンは、梅里の傷に手を添えて、そこに意識を集中する。すると一瞬、焼けるような痛みが襲ったが、梅里の出血は止まっていた。

「えっ、やだ、痛みが引きました」

驚く梅里に微笑みながら、リュウはそこで座り込む。さすがに疲れが出たが、これからが自分の本当の戦いだと気が付いた。

「怪我の酷い者を集めて……できるだけ助けるから」

「竜妃様、そんなことをなさったら、ご自身のお体が壊れてしまいます」

桜里が慌ててやめさせようとしたが、シンは引かなかった。

「竜妃が護るから……竜王国軍は戦えるんだ。大丈夫、精霊がついている。敵も、味方もないんだ。傷ついた人を連れてきて」

「……御意……」

座り込むシンの周りに、いつの間にか狼たちが集まっていた。中には傷ついたものもいるが、それでもシンを護ろうとしている。

「順番だよ。傷の酷い順。おまえはまだ大丈夫だ。狼は強いもの」

傷ついた狼を抱き締めて、シンは微笑む。

自分の生まれてきた意味が、これではっきりと分かった。精霊は命の尊厳を守ることを、竜妃であるシンに託したのだと。

戦からの帰りは、ほとんど覚えていない。リュウの馬に一緒に乗せられ、抱かれたまま連れ帰られたようだ。

意識が戻っている間は、ひたすら怪我人の手当をしていたような気がする。それ以外に何があったのか、全く覚えていなかった。

城に戻ってからも、しばらくはうとうとしているばかりだった。どうやら精霊の力を借りても、あれだけの人数の手当をするには足りなかったらしい。

陽純公と老兵の遺体は、丁寧に埋葬された。葬儀には出席したが、悲しみの涙を流す余裕はまだなかった。少しでも元気が戻ったら、傷病者の手当をしたかったからだ。

それもようやく落ち着いた。梅里はあんな大怪我をしたとは思えない、以前と同じ美しい姿になって、今日もシンの世話をしている。

「竜妃様、痩せられましたね。もう少し、たくさん召し上がらないと」

麻の衣を差し出しながら、梅里は心配そうに言ってきた。

「そうだね。今度からは、自分で料理しようかな」

「鳥を焼くのは、本当にお上手です」

桜里に言われて、シンは思い切りいい笑顔になった。

「そうだろ。料理長は、鳥を焼きすぎなんだ。そりゃ、焼く数が多いから、しょうがないんだろうけど、もう少し弱火で、じっくりと焙るんだよ」

そんな話をしていると、いつもあの日、リュウが獲ってきた鶉が思い出される。今でも幸せだけれど、あの素朴な幸せとは少し違う。

あれからリュウは、王として忙しく働いていて、シンと共に過ごす時間も少なくなっている。何しろ禦空国の新皇帝の即位を助け、新しい宰相を選ぶのに助言もしなければいけないのだ。

緑氏を失った皇帝は、以前よりも激しく薬に頼るようになって、政務に支障をきたすからと隠居を命じられた。即位が決まったものの、新皇帝はあまりにも幼い。私欲のない補佐役を選ぶとなると、禦空国だけでは大変だ。

そこで再び竜王国から竜王と数人の文官、武官が訪れ、補助をすることとなったのだ。

「竜王様がお戻りにならられず、お寂しいですね」

梅里に言われて、シンは頷く。

「しばらくは傷病者の手当があったから、忙しかったけれどね」

「本当に民は図々しいです。竜妃様がお優しいのをいいことに、腰の曲がった年寄りまで連れてきて、治してくれって、あれは何なんですか」

そういえばそんなこともあった。怪我をした兵を治したら、翌日、自分の祖母を背負って連れてきたのだ。

「いいんだ、あれはあれで、民に愛されてるってことだから」

「そんなことしたら、国中から腰の曲がった年寄りが押し寄せますよ。どうするんです。私、若い兵の手当なら喜んで手伝いますけど」

「いいじゃないか。年寄りを連れてくるのは、若者かもしれないだろ」

シンの答えに、梅里はけらけらと笑い出した。

本当にそうなったら、一人ずつ治していくしかない。けれどそのときに、冥界に行くのまでは阻めないと言うべきだろう。

緑氏は魂の乗り移りなどできると信じていたのだろうか。いくら精霊にもらった力が特別だとしても、そこまでできるとは思えない。

あれはきっと緑氏の望みだったのだ。最後の最後まで、緑氏は自分の死を認められなかったから、魂の入れ替えなんて突飛な考えに縋ったのだろう。

「皇帝に、あんなに愛されていたのに……全部が嘘だったから、幸せじゃなかったんだろうな」

最後に見た皇帝の姿を思い出し、シンはため息を吐く。本当に皇帝は緑氏を愛していたのだろうか。緑氏の本当の姿を見ても、決して認めようとはしなかった。それも仕方がないだろう。まさか自分の愛したのが、あんな老人だったとは皇帝でなくても認めたくはない筈だ。

「また緑氏のことを思い出されているのですか?」

桜里が心配そうに訊いてくる。

「もし、竜王が迎えに来てくれる前に緑氏に攫《さら》われていたら、おれもあんなふうになっていたかもしれない。精霊だって、必ず助けてくれるってわけじゃないから」

「いいえ、そんなことにはなりませんよ。竜妃様のお優しさは、生来のものです。それが、緑氏の抱いたような悪い心にもきっと勝っていたでしょう」

桜里は時々姉のように、こうしてシンを励ましてくれる。そして梅里は、妹のようにシンを笑わせてくれた。

静かな刻が流れる。ふと、シンは風を感じて後ろを振り向く。するとそこには、リュウの姿があった。

梅里と桜里は、慌てて平伏する。シンは立ち上がると、何も考えずにただ真っ直ぐに、リュウの胸に飛び込んでいった。

「お帰りなさい」

「んっ……」

旅の匂いがした。まだ着替えることもせず、直接ここを訪れたのだろう。

「まずは竜妃に感謝しなければな。自分の体の疲れも厭わず、大勢の民を癒してくれた」

「いいんだよ。あれがおれのすることなんだから」

「お礼に贈るものがある。今から、一緒に来てくれ」

「今から？　帰ってきたばかりなのに？」

「気にするな」

リュウに手を引かれて、シンはそのまま城の外に出る。傷病者の手当以外で、部屋から出たのは久しぶりだ。城中にいる宦官や女宮たちが、二人を見るとすぐに平伏してくるが、その視線には以前にも増して親愛の情がこもっているように感じられた。

リュウの愛馬は、長旅の後だというのに疲れた様子も見せずに、主が再び乗るのを待っていた。その背に乗った瞬間、シンはリュウの愛馬が、まるで主を思うようにシンのことも心配してくれているのが感じられて、思わず鬣《たてがみ》を撫でてしまった。

「帰りは世話になったね。もう大丈夫だよ。元気になったから」

そのままゆっくりと馬は歩き出す。どうやらシンの様子に安心したようだ。

「皇帝は闇に沈んだままだ。緑氏は最後まで、皇帝の心だけは道連れにしたかったんだろう」

リュウは周りから人がいなくなると、ぽつりと話し始めた。

「今回は、さすがに竜王でいるのが嫌になった」

「どうして？」

「禦空国の人間は、皆が皆、自分のことばかり考えている。欲まみれで、薄汚い。何度も、殴り倒してやろうと思ったが、竜王だからな。そんな軽率な真似はできないだろ？」

「大変だったね」

「誰もが竜妃のように、無償で働けるという美徳を持っていればいいのにな」

荒《すさ》んだ人々を相手にしてきて、どうやらリュウも疲れ切っているようだ。シンは目を閉じ、よりかかるリュウの体から、少しでもいがいがしたものを取り除こうとする。

「んっ？　何か、してくれたのかな？」

「何も。ただ、疲れを少し、減らしてあげただけ」

リュウの唇が、首筋を掠《かす》める。そのくすぐったさに、シンの体はふわりとまた浮きそうになっていた。

「次の竜妃も、絶対に見つけ出そう。禦空国のあんな人間たちみたいなのに育てられたら、第二の緑氏が生まれてしまう」

「そうだね。梅里と桜里も、子供なんて連れてきたら大喜びしそうだ」

では、どこで育てたらいいのだろう。やはり城中で育てるのか。けれどあそこでは、自分が生まれつき特別の存在のように思わないだろうか。それよりもっと普通に育てたい。

そんなことを考えているうちに、馬はどんどん進んで城から離れていく。

「どこに行くの？」

「もうすぐだ。見えるだろ？」

「あれ？」

城から僅か離れた草地に、新たな柵が設けられていた。小屋が幾つか点在しているが、その一つは明らかに家畜小屋だ。ではもう一つは、何だか人の住まいのように思える。

リュウはそこで馬を下り、一気に柵を跳び越えて、シンを手招きしていた。

「おいで、竜妃、いや……シン」

久しぶりにその名で呼ばれた。シンは軽々と真新しい柵を跳び越え、草地に入った。

するとシンに気付いたのか、羊が十頭、エエーッ、メェーッと鳴きながら駆け寄ってきた。

「えっ……何で、おまえたち、どうして」

シンが見間違う筈はない。そこにいたのは、シンが置いてきた羊たちだった。

「全部は持ってこなかった。とりあえず若くて元気そうなのを、雌雄合わせて十頭だ。牛も豚も驢馬も、元気にしている。長旅は無理なので、彼らのことは諦めろ」

「……もしかして、おれのために、わざわざ連れてきてくれたの」

「親族の狼隊にも、いずれ隠居所や育児所が必要になるだろう？　さすがに城内はまずい。ここで暮らしてもらう」

「どうして……こんな」

泣かずにいるのは無理だ。シンはリュウの優しさに、どうやって報いたらいいのかと、胸が一杯になっていた。

「当然だろ。私に、命を愛することを教えてくれたのはシンだ。だから私も、シンに相応しいところを見せたかっただけだ」

「もしかして……あの小屋は」

小さな煙突が見える。ということは、きっと竈《かま》があるのだ。歩いていくと、小屋の側に井戸があるのが見える。さすがに小川はないが、井戸さえあれば十分だ。

「行こう、あそこが、私たちの別邸だ」

本宅に比べてあまりにも小さい。けれどシンにとっては、まさにもっとも相応しい住処《すみか》に思えた。

扉を開いて中に入ると、以前の小屋と全く同じだということに気が付いた。ただすべてが真新しく、しっかりと造られているという違いはある。

竈は新しく、天井の梁《はり》は煤《すす》一つなく綺麗だ。なのに狭い寝台の上には、馴染《なじ》みのある羊の毛皮が敷き詰められていた。

「こんなものまで……」

「羊毛は寝心地がいいから、嫌いじゃない」

照れたように言うリュウに、シンは抱き付いていた。

「ありがとう、ありがとう、もう、どう感謝していいか分からない。最高だよ、最高の贈り物だ」

「喜んでくれて嬉しいが、その……疲れたな、少し休みたい」

リュウは寝台を示し、誘うようにシンの手を引いてきた。そこにそっと横たわると、真新しい木の匂いがする。それはとてもいい匂いで、シンは森に入ったような清浄感を味わった。

「ここにいる間は、竜王と竜妃でなく、リュウとシンでいよう」

「それはいいけど、リュウ、本当の名前はなんていうの？」

それすら知らないままだった。なのにそんなことは、シンにとってはどうでもいいことだったのだ。リュウがリュウとしてそこにいてくれればいい。竜王だろうとリュウだろうと、変わりはないのだとシンはもう気が付いている。

「リュウで合ってる。蒼柳健《そうりゅうけん》が本当の名だ。何だ、私が名乗ったから、リュウと呼んでいたんだと思ったが、違ったのか？」

「んっ……あそこに、竜の彫り物があったから」

それを聞いて、リュウはおかしそうに笑い出す。そして愛しげに、シンを抱き締めてきた。

「あれは、竜王の印だ。もし、蛮族に首を刎ねられても、遺体が誰のものか分かるように、竜王となったものは彫り物をする」

「そんなこと、知らなかった。痛かったよね？」

「あの程度の痛みに耐えられなくて、竜王は名乗れない」

リュウは衣を脱ぎ始める。そして下帯まで取って、すでに元気になっているものの先端をシンに示した。

「寝ているときに見たのか？」

「ち、違うよ。助けたときに裸だったら、体を拭いているうちに……」

「目にして、ついでに触ったんだな」

「そ、それは、そうだけど」

リュウと呼びたかったのは、そんなものを見たからだけではなさそうだ。どうやらリュウの心の声が、伝わっていたらしい。

「怒らないでくれ。最初にシンを見たとき、少し失望したんだ」

申し訳なさそうに言うと、リュウはシンの衣を脱がし始める。

「シンが自信を無くしたのも分かる。あれはきっと、私が最初に感じたことを読み取ったせいだ。竜妃に対して、勝手に思いこんでいる部分があって」

「うん、分かるよ。リュウ、最初はとっても怒ってたもの」

「すまなかった。私は、シンの中にある、素晴らしいものを知るのに、少し不器用だったな」

すべて脱がされた体に、久しぶりの羊毛が心地いい。これはまさにシンを育ててくれた優しい温もりだった。

「だけどすぐに気が付いた。やはりこれが私の竜妃だと……」

唇が重なる。するとシンの体は、自然に青く染まっていった。

「あっ！」

「何度も、竜妃と結ばれることを夢見ていた。本当に結ばれたら、期待していた以上だったので、すぐに反省したんだ。すまなかった、シン」

「いいんだ。おれだって、わがままで傲慢なリュウのことを、最初は嫌っていたんだから」

嫌いなほうのリュウに抱かれて、シンは悲しかったのだ。

でも今となっては、そんなこともいい思い出だ。二人はこれからも、こうして互いを思いやって、愛し合っていくのだろうから。

「リュウ、命を分け合おう……」

シンが誘うと、リュウは迷わずにその部分へと舌を這わせる。浮き上がりそうになるのを押さえて、シンもまたリュウのものに顔を近づけた。

竜の彫り物は、すでに溢れ出した蜜でてらてらと濡れている。まるで水中から飛び上がったばかりのようだ。

そこにシンは舌を這わせ、そしてすっぽりとすべてを呑み込んだ。

命だ。リュウの命がそこにある。それはシンの体を青く光らせ、新しい力を生み出させる。それと同じく、シンの吐き出す甘い蜜が、リュウから疲れを取り去り、新たな力を生み出させるのだ。

「ああ……リュウ。あの日に、戻ったみたいだね」

小さな小屋だけれど、二人でいるにはちょうどいい。あのまま、リュウというただの男と暮らす夢が、こうして叶ったのだ。

「一晩中抱き合って、そして明日の朝には……シン、旨い朝餉を食べさせてくれ」

「んっ……うん」

王と后でいるよりも、二人にはこのささやかな住まいが幸福の場所なのだ。けれどずっとここにいられないというのも、二人は分かっている。

竜王としての責務を果たさねばならない。そして竜妃として、それを支えなければいけなかった。

「ここが……海になるんだ。また、浮き上がったら捕まえて」

シンはリュウに抱き付き、手足をその体に絡みつける。新たな欲望が兆して、そこからまた新たに始まるのだ。

ふとシンは、夜までずっとは無理だなと気が付く。羊を小屋に入れ、そして眠る前に少し何か食べないといけない。

鶉はどうだろう。リュウと二人、森で鶉を探したかった。

あとがき

この本を手にとっていただき、ありがとうございます。ファンタジーですが、楽しんでいただけたなら幸いです。まぁ、このジャンルはもともとがファンタジーなので、世界観がどんなものでもありというところが、嬉《うれ》しいところですね。

後書きページ、結構使えるようなので、メインの話とはあまり関係のないSS書かせていただきます。いや、それなら本編にページ数さけと言われそうですが……ご容赦を。


五歳のとき、病に冒され三日三晩高熱で苦しんだ。そのまま死ぬと思われていたので、生きていられたらどんな辛苦も受け入れますと、両親は竜神《りゅうじん》に願った。結果、死なずには済んだが、少年期を過ぎても梅里《ばいり》は男らしくなれなかった。

「それでね。十二のときに、もう精通がないって分かったから、慌てて宦官《かんがん》になるための教育に切り替えられたの」

梅里はそう話しながら、竜王《りゅうおう》の警護に就いている近衛《このえ》兵の手をそっとこすっている。

相手の兵は、梅里と歳《とし》もそう変わらない若者で、触られるのを嫌がっている様子はなかった。

「それまでは、乗馬も剣術も弓術も、皆と同じようにやってたのにね。香道とか、茶学とか、書の練習ばかりやらされるようになって」

思い切って兵の手を握りしめる。するとやんわりと握り返された。

これは脈がある。どうやら相手は梅里のことを嫌ってはいないようだ。いや、むしろ気に入られただろう。

「頑張った甲斐《かい》はあったな。だって、竜妃様《りゅうひ》づきの宦官になれたんだもの」

兵は黙って頷《うなず》くだけだ。本当なら警護している間、誰かと話したりしたらいけないのだ。もう一人の警護の兵が小用を足しにいっている間、たまたま一人になったというだけで、本来なら相方と共に、黙って周囲に警戒の目を向けていなければいけなかった。

なのに梅里にすり寄られて、親しげに話し掛けられ、いい迷惑だろう。

「だけどね……夜はお仕事がないから退屈なの。竜妃様は、すぐに牧草地の小屋に行かれてしまうから。本当なら、私たちがいろいろとお手伝いする筈《はず》なのにね」

兵の手から緊張感が伝わってくる。夜は暇、退屈している。それだけ聞けば、自分が誘われているのだと誰でも思うだろう。いつ非番なのか訊《き》きだそうとしたそのとき、梅里は桜里《おうり》が美しい眉をきりりと吊《つ》り上げて、足早に近づいてくるのに気が付いた。

「うるさい姉様がいらした。それじゃ……またね」

何事もなかったように、梅里は桜里に近づいてくる。けれど魂胆はとうに見抜かれていたらしく、桜里は顎で今は無人の竜妃の居室を示した。

黙ってその後について居室に入ると、桜里はいきなり厳しい口調で叱ってきた。

「梅里、あんたがちょっかい出そうとしていた近衛兵、誰だか知らないわけじゃないよね」

「えーっ、ちょっかいってなぁに。何にもしてないから」

「惚《とぼ》けるな。竜王様の弟で、勇健《ゆうけん》将軍の三男だよ」

「へーっ、そうなんだ」

そこで梅里は、いきなり頬《ほお》をむにっと抓《つね》られた。

「な、何するのっ！」

十五歳の初陣《ういじん》まで男だった桜里は、梅里と違って未だに男らしい。力も結構強かった。

「あんたが最初っから、竜王様狙いだったのは知ってるけど」

「そ、そんな大それたこと、思う筈ないでしょ」

「あるから困ってるんだろうが。いくら顔がよく似ているからって、竜王様の弟君に手を出すんじゃないっ」

「だって……」

そこで梅里は項垂《うなだ》れ、悲しげな様子をしてみせる。桜里の言っていることは本当だから、下手《へた》に反論できなかったのだ。

梅里にとって竜王は、ずっと憧《あこが》れの存在だった。できれば竜王づきの宦官になりたいと思ったが、残念なことに竜王は宦官を用《もち》いず、従僕だけしか側《そば》に置かなかった。それでもいつかはと思っていたら、何と竜妃の宦官に選ばれてしまったのだ。

「竜王様は、竜妃様と小屋暮らしだから、夜はすることがないんだもの。私は退屈してるの。どうしてあんな暮らしが楽しいのかな。やっぱり竜妃様って、変わってるよね」

「それは……言ったらまずいよ」

「桜里だって、最初の頃《ころ》は言ってたくせに」

竜妃が見つかったらしいと伝え聞いて、どんな美女がやってくるのだろうと思った。ところが竜王が連れてきたのは、言葉遣《づか》いもおかしな羊番の若者だったのだ。

「変わってるけど、今は最高の竜妃様だって思える。それによく考えてみろよ、梅里。竜妃様がもし美女だったりしたら、あんた、嫉妬《しっと》に狂ってただろう」

言われてみればそうだ。最初は何でこんな田舎者の羊番がと思ったけれど、これが美女で貴人だったりしたら、梅里は悔しさで胸が痛んだろう。

何も知らない愚かそうな若者だったから、気がついたら嫉妬するより、面倒をみなければいけない気になっていた。

「それは、そうだけど、だからって、あの人と仲良くしたらいけない理由にはならないよ」

「意味分かってる？　将軍のご子息には、近づかないほうがいいって言ったんだけど」

竜王は諦めた。あの人のいい竜妃から奪おうなんて、間違っても思わない。それにたとえ思ったところで、あの竜王が他の誰かに手を出すなんて考えられなかった。

だったら顔立ちが竜王に似たあの近衛兵と、仲良くなりたいものだ。そう思ったのに、桜里は許してくれる気がないらしい。

「別に、嫁にしてくれって迫ったわけじゃないもの。ただ、ちょっと仲良くなりたいなって思っただけで」

桜里の眉がますます吊り上がっている。怒る意味は分からなくもない。竜王の弟となれば、いずれは出世して重職に就くのだろう。そんな未来ある若者に、梅里のような者は相応しくないと思われたのだ。

「梅里に構って欲しい男なら、いくらでもいるだろ。何も、竜王様の弟を狙うことはないじゃないか。そんなことが知られたら、竜妃様づきの宦官でいられなくなるよ」

「うーん、えーっ、だけどそれって、桜里が黙っていてくれればいいだけなんじゃないの？」

桜里の眉間に怒りの皺が出ている。ここは素直に下がればいいものの、宦官としての教育を受けたのは梅里のほうが先輩だから、たとえ桜里が二歳年上でも、はい、ごめんなさいと簡単に口にはしたくない。険悪な雰囲気になっていたら、そこにひょっこりと竜妃がやってきた。

「どうしたの？　喧嘩《けんか》した？」

「いえ……何も」

桜里は真っ赤になって、素早く視線を竜妃から逸《そ》らした。それをちらっと見ただけで、梅里は自分の勝利を確信した。

桜里の弱味を見つけたようだ。どうやら桜里は、竜妃に対して特別な思いがあるらしい。それを小出しにしてちくちくいびっていけば、いずれはあの近衛兵とのことも、桜里は許さざるをえなくなるのではないか。

梅里は親しげに桜里の肩を抱く。そしてうふふと声を出して笑った。


というようなことが、きっとあったのに違いない。

イラストお願いいたしました、香咲《こうさき》先生、時代ファンタジーで衣装も大変でしたでしょうに、美麗なイラストをありがとうございます。

担当様、いつも遅くてすいません。

そして読者様、どこともしれない世界で、楽しんでいただけたなら幸いです。

剛《ごう》　しいら拝

LYNX ROMANCE

獣《けもの》となりても

剛しいら　illust. 北沢きょう

898円
（本体価格855円）

天使のような美貌とは裏腹に、恐ろしいまでに権力への野望を抱くイリア。皇太子を籠絡したイリアは、死者を蘇らせて創った禁断の兵器・人獣の強大な力を利用して軍部を掌握し、隣国への侵攻を推し進めた。敵国の皇子である羽秀を手に入れ、人獣として蘇らせるが、獣に堕ちたはずの彼はなぜか自我を失わず、なおも崇高な魂を感じさせる羽秀を服従させるためイリアはその強靭な肉体を鞭打ち、己の快楽に奉仕させるが…。

LYNX ROMANCE

狼伯爵《おおかみはくしゃく》～永久のつがい～

剛しいら　illust. タカツキノボル

898円
（本体価格855円）

撃たれた狼を助けた獣医の良宏。ある夜、狼は美貌の男へと変貌し、番となる同族の良宏を探していたと告げる。カイルは百年程前、狼伯を継ぐ者として生まれ、儀式を経て人狼となったという。驚愕する良宏だが、言われるがまま噛みつくと甘美な興奮を覚えた。それこそが番の証だという。体だけでなく心までも繋がる「同調」によって、深い悦楽を教えられる。己に眠る人狼の血に目覚め始めた良宏。だが、人狼ハンターが迫り…。

LYNX ROMANCE

狼王《おおかみおう》～運命のつがい～

剛しいら　illust.タカツキノボル

898円
（本体価格855円）

勇猛な戦いぶりで恐れられるスペイン王の異母兄・アナシス。オスマン帝国に囚われた魅惑の歌声を持つガレーシャが同族の人狼だと気付き、番にするべく略奪する。一目で恋に落ちた彼と体を噛み合えば甘美な衝撃が貫き、番の証である「同調」によって身も心も繋がったかと思えたが、愛を囁いても、俗情に疎いガレーシャの心が掴めない。その隙を突くかのように、人狼ハンターの銀弾がガレーシャを襲い…。

LYNX ROMANCE

狼皇帝《おおかみこうてい》～宿命のつがい～

剛しいら　illust. タカツキノボル

898円
（本体価格855円）

日本で神として崇められていた大神蓮。仲間も永遠のつがいもおらず、孤独に生きてきた蓮は、訪れたカナダの森で冷酷非道なロシアンマフィアのイゴールと出会う。初対面で彼に噛まれ、つがいの証である甘美な衝撃を感じた蓮は、誘われるがまま彼のコテージで狂乱の一夜を過ごした。だが、イゴールは愛ではなく身体だけの関係を望んでいた。抗う蓮を部屋に監禁した彼は「大切に飼ってやる」と告げ…。シリーズ、ついに完結！

LYNX ROMANCE

飼《か》われる幸福《こうふく》～犬的恋愛関係～

剛しいら　illust. 水玉

898円（本体価格855円）

大学生の満流は、姉から押しつけられたトイプードルに悪戦苦闘していた。まずは去勢と予防注射を受けさせようと近所の動物病院を訪れた満流。そこでとても親切で熱心な獣医の彩都が、犬の躾を教えてくれることになった。さっそく彼の自宅で躾合宿を行うが、スキンシップが激しい彩都が教えてくれる躾はどうもおかしい。犬の躾と同時に、家族構成や恋人の有無、首輪をして犬の格好になったりと、徐々に過激になっていき？

LYNX ROMANCE

肉体《にくたい》の華《はな》

剛しいら　illust. 十月絵子

898円（本体価格855円）

絶世の美貌を誇り、剣の腕も優秀なラドクリフは、皇太子アルマンの騎士として、身も心も忠誠を誓っていた。しかし、王が崩御し新王となるはずだったアルマンが、第二王子の策略によって、幽閉される。さらにラドクリフは敵の罠に陥り、全身に花の刺青が浮き上がる魔女の呪いを受けてしまう。呪いをとくには、「真実の愛」を探すか、魔女と契るしかなく、アルマンを愛するラドクリフはある決断をするが…。

LYNX ROMANCE

教《おし》えてください

剛しいら　illust. いさき李果

898円（本体価格855円）

やり手の会社経営者・大堂勇磨のもとに、かつて身体の関係があった男・山陵が現れる。「なにをしてもいいから、五百万貸してくれ」と息子の啓を差し出す山陵に腹を立てた大堂は、啓を引き取ることに。タレントとして売り出そうとするが、二十歳の啓の顔立ちは可愛いものの覇気がなく、華やかさも色気もなかった。まずは自信を持たせるためにルックスを磨き、大堂の手でセクシュアルな行為を仕込むが…。

LYNX ROMANCE

薔薇《ばら》の王国《おうこく》

剛しいら　illust. 緒笠原くえん

898円（本体価格855円）

閉塞感を抱え暮らす貴族のアーネストには、秘密の願望があった。それは、男性に抱かれ快感を得ること。ある日、屋敷で若い庭師・サイラスを一目見た瞬間、うしろ暗い欲求をその身に感じてしまう。許されざる願望だと自身を戒めるアーネスト。だがその願望に気付いたサイラスに、強引に身体を奪われたアーネストは、次第に支配されたいとまで望むようになっていく。そんな折、サイラスが国に不信を抱いていることを知るが…。

この本を読んでの
ご意見・ご感想を
お寄せ下さい。

〒151-0051
東京都渋谷区千駄ヶ谷4-9-7
(株)幻冬舎コミックス　リンクス編集部
「剛《ごう》しいら先生」係／「香咲《こうさき》先生」係

リンクス ロマンス

竜王の后

2013年11月30日　第1刷発行

著者……………剛《ごう》しいら
発行人…………伊藤嘉彦
発行元…………株式会社　幻冬舎コミックス
〒151-0051　東京都渋谷区千駄ヶ谷4-9-7
TEL 03-5411-6431（編集）
発売元…………株式会社　幻冬舎
〒151-0051　東京都渋谷区千駄ヶ谷4-9-7
TEL 03-5411-6222（営業）
振替00120-8-767643
印刷・製本所…共同印刷株式会社
検印廃止

ISBN978-4-344-82973-2 C0293
Printed in Japan

幻冬舎コミックスホームページ　http://www.gentosha-comics.net